욕망과
파국

욕망과 파국

나는 환경책을 읽었다

초판 1쇄 펴낸날 2021년 3월 25일

지은이 최성각
펴낸이 이건복
펴낸곳 도서출판 동녘

주간 곽종구
책임편집 구형민
편집 정경윤 강혜란 박소연 김혜윤
마케팅 권지원
관리 서숙희 이주원

등록 제311-1980-01호 1980년 3월 25일
주소 (10881) 경기도 파주시 회동길 77-26
전화 영업 031-955-3000 편집 031-955-3005 **전송** 031-955-3009
블로그 www.dongnyok.com **전자우편** editor@dongnyok.com
인쇄·제본 영신사 **종이** 한서지업사

ⓒ 최성각, 2021
ISBN 978-89-7297-985-2 (03810)

욕망과 파국

최성각 지음

··· 나는 환경책을 읽었다

동녘

머리말
환경책에는 깊은 진실이 있다

1968년 아폴로 8호에 탔던 빌 앤더스는 창밖으로 지구가 떠오르고 있는 모습을 사진에 담았다. 나중에 '지구돋이(Earthrise)'라고 불리게 된 이 사진에는 파랗고 하얀 소용돌이무늬가 있는 구체(球體)가 광대한 우주를 배경으로 떠 있다. 빌 앤더스는 "내 인생에서 가장 아름답고 가장 마음을 사로잡는 광경이었다"라고 회고한다. 그러면서 덧붙이기를, "그 광경을 보니 강렬한 향수가, 고향에 가고 싶은 마음이 솟아올랐다"면서 "그것은 우주에서 색을 가진 유일한 것이었다"고 했다.[*]

이때 빌 앤더스가 말한 '색'은 내게 '생명'으로 읽힌다. 그것은 언젠가 칼 세이건이 보이저호가 찍어 보낸 사진 속의 지구를 '창백한 푸른 점'이라고 일컬었을 때와 같은 느낌을 주는 표현이었다. 오랫동안 생명을 키워왔고, 생명들의 잔치가 찬란하게 벌어지고 있는, 현재까지 알려진 바로는 우주 속의 유일한 '생명을 품고 있는 행성으로서의 지구', 말이다.

하지만, 대체할 수 없는 이 아름다운 행성의 환경을 우리는 짧은 시간 동안 더 이상의 생명 존속이 어려울 지경으로 훼손하고, 오염시키고, 파괴하고 있다.

인간이 자연을 지배해도 된다는 권리(?)를 자임하고 장려한 계몽주의는 인간의 탐욕이 제어가 되지 않는다는 인간 속성에 대해 무신경했다. 그때는 자연의 위기보다 자연의 정복이 더 매력적인 일이었다. 자연은 간단하게 자원으로 간주 되었고, 생명이 서식할 수 있는 '두 번째 지구'가 없음에도 불구하고, 제어도 조절도 안 되는 인간의 욕망은 지구환경이 생명을 받아들일 수 있는 한계를 초과해서 질주했다. 그러나 지구는 그칠 줄 모르는 인간의 약탈적 활동에 순순하게 굴복하지 않았다.

바다와 육지, 하늘에서 갖가지 일들이 일어났다. 영원할 것 같은 결빙이 풀려 녹고, 땅이 바짝 마르거나 때 없이 갈라지고, 빗물이 산성화되고, 강물은 자주 범람하고, 삼림은 갖가지 원인으로 끊임없이 불타오르는 일이 다반사로 일어나기 시작했다. 매일같이 대규모의 멸종이 진행되고 있고, 숨 쉴 수 없도록 대기는 악화되고 있으며, 바다와 육지는 인간이 만든 플라스틱과 플라스틱 미세먼지로 뒤덮이고 있다.

그런즉, 인류는 인류라는 한 생물종이 지구환경 전체를 바꾼 시대를 '인류세(人類世)'라고 부르기 시작했다. 백만 년, 천만 년의 시간을 다루는 지질시대 단위인 '세(世)' 앞에 '인류'가 놓이게 된 일은 긍지를 가질 일이기는커녕, 인간이 '만물의 영장'이라는 것

이 허구였고, 인간이 '만물의 척도'라는 그릇된 자만이 처음부터
화근이었다는 것을 인정하지 않을 수 없게 되었다. 그렇지만 방
법이 없다. 국가는 언제나 부국강병책을 바탕으로 하고 있고, 더
욱이 '국가―재벌 복합체'로 확고하게 굳어진 한국사회는 공생
의 가치에 기반한 생태주의와 병립할 수 없는 처지다. 개인들 또
한 이런 위기에 우왕좌왕하는 것 같이 보이지만 삶의 목표는 여전
히 정확하고 확실하다. 그것은 단 한 가지, '잘 먹고 잘 살기'다.
우리의 절망이 깊어지는 이유다.

　나의 정체성은 기본적으로 문인이지만 오래전부터 이른바
'환경책'이라고 말할 수 있는 비문학적인 책들에 더 경도되었다.
이때 내가 말하고 있는 '환경책'은 '생명에 대한 책'이라는 뜻이
다. '탐미주의'를 앞세워 사적인 완성을 소망하고 있는 문학주의
자들의 책들보다도 환경책으로 간주되는 책들이 더 정직하게 '지
금의 절박한 현실'을 다루고 있으며, 비극적인 토대에서 비롯되
었지만 희망을 포기하지 않으며, 생명에 대한 외경심과 인간 종
이 저지른 행위에 대한 진지한 반성, 그리고 "아직은 늦지 않았을
지도 모른다"는 낙관론으로 채워져 있다고 느껴졌기 때문이다.
진정한 상상력은 좀 한가하게 보이는 문학주의자들보다도 신음
하는 생태주의자들과 자본에 오염되지 않은 정직한 환경론자들
에게서 더 자주 발견되었고, 그들이 비록 어두운 얼굴로 세계를
우려하지만 그 이면에는 변할 수도 있고, '다시 시작할 수 있는'

인간 능력에 대한 긍정의 믿음을 잃고 있지 않다는 것을 배울 수 있었다. 그것을 나는 파국 속에서도 잃지 않고 있는 희망이라고 생각한다. 그래서 나는 그들 생태주의자들이 쓴 저작으로 인해 알게 된 '깊은 진실'과 세계를 전체적으로 바라보는 그들의 너른 시야에 힘입어 인간의 끝 모를 탐욕의 역사에 대해 더 깊숙이 생각할 수 있었다. 그런 점에서 나는 그들, 위대한 저자들에게서 빚을 진 셈이다.

오래전에 "사람은 자연의 일부일 뿐이다"라는 슬로건을 내걸고 환경운동을 벌였을 때에도 나는 언제나 내게 그런 시각을 제공해준 환경책 저자들에게 빚을 갚는 심정으로 일을 했다.

이 책은 오래전, 시민운동을 하던 시절부터 최근까지 썼던 '책에 대한 산문들'을 모아놓은 책이다. '서평집'이라기보다 이 책은 '공감(共感)의 에세이'라고 해도 되겠다. 어떤 원고는 너무 오래된 원고라 철 지난 이야기로 간주되지 않을까 염려했다. 하지만, 오래전의 상황이 더 바람직한 쪽으로 변화되어 원고가 무의미해지기는커녕 되풀이 되는 심각한 문제들은 더 악화되고 고착되고, 더 어처구니없이 파죽지세로 전개되는 바람에 시의성을 잃었을지도 모른다는 우려는 원고를 모아서 묶는 작업을 하면서 저절로 해소되었다.

세상은 더 나아지지 않았고, 악화되고 있다. 최근에 인류에게 닥친 코로나19 또한 마찬가지다. 지금은 이 행성의 모든 인간 종이 오로지 역병 이전에 누렸던 삶으로의 복귀를 간절히 소망하고 있지만, 역병이 돌게 된 원인이 무엇이든지 간에 확실한 것 한 가지는 이번 팬데믹이 그간의 인간 활동으로 비롯되었다는 점이다. 이 문제의 원인이 야생에 대한 인간의 침입, 넘으면 안 되는 선을 넘었기 때문에 발생했다는 데에는 역병으로 인한 고통 속에서도 모두들 어렴풋하게나마 짐작하고 있는 것 같다. 그럼에도 이번에 닥친 역병 이후에 전개될 '다른 삶'에 대한 다짐이나 각오는 증발해버렸다. 오로지 역병 이전에 구가하던 풍요와 소비의 질서 속으로 무사히 귀환하는 것만이 지구촌 집단의 똑같은 소망인 것 같아 안타깝지만, 인간의 한계가 어쩌면 거기까지일지도 모른다.

　무서운 속도로 가속화되고 있는 기후위기만 해도 그렇다. 인간이라는 유약하고 그 존재 자체가 모순과 탐욕 덩어리라는 점 말고는 왜소하기 짝이 없는 유한한 존재가 마치 소행성 충돌에 버금가는 지구위기를 초래했다. 그런데도 적극적인 인류세주의자는 "이 정도의 위대한 힘을 가지게 된 인류의 위대함을 강조"하면서 "인간의 기술력으로 지구를 더 인간중심적으로 재구성하여 기후변화 등 시대적 위기를 돌파해나가자"고 주장한다. 한편 "지금은 인간 활동을 깊이 성찰할 때다"라고 말하는 전통적인 보존주의자도 있다. 재레드 다이아몬드는 "우리가 의도적으로 기후변화를 일으키거나 해수면 상승을 초래하는 건 아니에요. 그저 우리는 어떤 일들을 합니다. 그런데 그것들이 우리가 예상하지 못한 결과를 불러와요. 우리는 의도하지 않았어요. 우리가 지구를 더 바꾸고 싶어서 그런 건 아닙니다. (…) 인간은 오늘날 지구에서 가장 강력한 종이에요. 역사상 존재했던 그 어떤 종보다 강력한 종입니다"라면서 자신을 '조심스럽게 긍정적(cautiously optimistic)'인 편이라고 말한다.**

"지금의 온도 상승 폭은 밀란코비치 사이클***로 대표되는 자연적 현상에 불과하다"는 일부 태평스러운 과학자들과 달리 재레드 다이아몬드는 "이 문제들은 우리가 초래한 것"이므로 "우리가 그 문제들을 해결할 수도 있다."라는 입장이다. 거기까지는 수긍된다. 그럼에도 그가 지금의 지구위기에 대해 "인간이 의도한 일이 아니었다"고 강변하는 것은 그의 국제적인 명성에도 불구하고 그가 지구위기와 관련한 인간 역사에 대한 이해가 근본적으로 오해에 기반하고 있을 뿐더러 어처구니없을 만큼 무책임하게 들린다.

내가 읽었던 환경책들은 결코 밝은 내용의 책들은 아니다. 내가 읽은 책들은 물론 이 책에서 다룬 '환경책'들에만 국한되지 않지만, 각기 다른 위치, 다른 환경, 다른 주제들을 전개하더라도 한 가지 공통점이 있다면 "이 사태는 우리가 의도한 게 아니다"라는 무책임한 책임 회피에 안주하지 않았다. 환경책은 무거운 주제 속에도 찾으려고 들면 인간의 위대성에 대한 믿음과 아름다운 선택과 실천을 만날 수 있고, 거기에 따르는 감동이 있다. 또한 환경책들은 한결같이 인간이 한 번도 실현해보지 못했던 전망을 제시하고, 촉구한다. 인간은 파멸을 재촉하는 능력만큼이나 겸손과 다른 생명체들에 대한 존경심을 회복하고 공생할 수 있는 정신적인 힘을 지니고 있고, 바로 지금이 그 힘을 발휘할 때라고 말하고 있었다.

2021년 초봄
툇골에서 최성각

---

* 빌 매키번 지음, 김승진 옮김, 《우주의 오아시스 지구》, 김영사, 2013년, 19쪽 참조.
** 최평순, EBS 다큐프라임 〈인류세〉 제작팀 지음, 《인류세: 인간의 시대》, 해나무, 2020년, 287~291쪽.
*** 지구궤도의 변화에 의해 결정되는 태양 입사열의 계절적이고 지리적인 변동에 따른 기후변화를 뜻한다.

**꿈꾸는 것
자체가 여전히
희망이다**

1
부

기후행동보다 더 중요한 일은 없다

나를 시골로 가게 만든
러미스의 책

더글러스 러미스, 쓰지 신이치, 《에콜로지와 평화의 교차점》,
김경인 옮김, 녹색평론사,
2010년

2011년 우리나라에 작은 책 한 권이 출간되었다. 재생지를 쓴 탓도 있지만, 책이 하도 가벼워서 혹 떨어뜨리면 바람에 날릴 만큼 가벼운 책이었다. 이 책은 역자 중의 한 분인 김종철의 말처럼 일부 '예민한 독자'들에게는 책의 내용적인 무게 때문에 주목을 받았을지는 모르지만 다수 대중들은 가볍게 간주해버린 책이었다. 그렇지만 책의 무게와 책이 담고 있는 내용은 본시 아무런 상관이 없는 일, 그 책은 결코 가벼운 책이 아니었다. 어떤 책인가? 녹색평론사에서 펴낸《경제성장이 안 되면 우리는 풍요롭지 못할 것인가》라는 책이 그것이다. 저자는 일본에서 활동하고 있는 정치학자이자 평화운동가인 더글러스 러미스였다. 러미스의 글들은 이 책이 출간되기 전부터 일부《녹색평론》에 소개되기도 했으나 그의 저작이 국내에 단행본의 얼굴로 출간된 것은 그때가 처음이었다.

한 시인은 녹색평론사에서 펴낸 여러 중요한 책들 중, 굳이 딱 두 권만 꼽으라면 러미스의 이 책과 헬레나 노르베리-호지의《오

래된 미래》를 꼽겠다고 말하기도 했다. 그 집에서 펴낸 책들 중에
는 무위당(无爲堂) 장일순의 책도 있고, 권정생 선생의 책도 있고,
웬델 베리의 책도 있지만, 시인은 그렇게 두 권을 꼽았다. 한 권은
내용도 내용이지만, 역자 김종철이 붙인 그 멋들어진 제목 때문
에 너무 많이 알려지고 읽혔다는 점에서, 다른 한 권인 러미스의
책은 그 담긴 내용이 단순 명쾌하지만 심오한 의미에 비해 너무나
알려지지 않은 데 대한 안타까움이 시인의 마음속에 어른거리지
않았나 싶기도 했다. 우리 사회에서 매우 특별한 의미를 지니고
있는, 이를테면 삼성경제연구소가 있다면 그 맞은편에 '녹색평론
사'가 있다고 말할 수 있지 않겠는가 생각하고, 그런 표현을 한두
번쯤 내비치기도 했던 나는 그러나 그 출판사의 도서목록을 펼쳐
놓고 "딱 두 권만 꼽는다면?"이라는 질문을 한 번도 해본 적이 없
었기에 시인의 말에 아무런 반응도 하지 않았다. 가만히 고개만
끄덕였다. 그렇게 말할 수도 있겠구나, 하고.

　러미스의 책을 읽은 뒤 세월이 벌써 9년이나 지났다.

　다른 이에게도 그랬을지 모르지만, 곰곰 생각해보니 러미스
의 작은 책 한 권이 내게 준 영향은 작지 않았다. 내가 밤잠 안 자
고 열심히 4년여 기간 동안 투신했던 환경단체(풀꽃세상) 일을 깨
끗이 접고, 시골로 직행하게 된 데에도 그 책의 영향이 미치지 않
았나 싶다. 나이 들어 한 사람이 어떤 결정을 할 때, 그 결정의 배
경에 딱 한 권의 책만이 작용할 수는 없을 것이다. 그러나 세월이
좀 흐르고 나면, 어떤 결정도 제 혼자 힘으로 내린 것은 없다는 것

을 느낄 수 있다. 한 사람의 생각이 어찌 혼자만의 생각일 수 있겠
는가. 책에 대해 이야기하는 것을 서평이라 하든 독후감이라 하
든, 내가 쓴 '책에 대한 이야기'들 중 가장 많이 언급한 것도 바로
러미스의 책이었다. 하도 이 책에 대해 자주 이야기하다 보니 나
중에는 '경제성장은 우리를 풍요롭게 할 것인가'라고, 제목을 마
구 곡해하기도 했다. 원제를 머릿속에 집어넣었더라면 그러지 않
았을 텐데, 싶기는 하다.

가난이 행복의 필연적인 전제는 아니다

9년 뒤, 뜻밖에도 같은 출판사가 펴낸 러미스의 두 번째 책을 만
났다. 이번에 내가 만난 책은 '더글러스 러미스의 평화론'이라는
부제를 달고 있는 쓰지 신이치와 나눈 대담집, 《에콜로지와 평화
의 교차점》이었다. 이번 책은 그의 글이 아니라 그가 한 말을 담
고 있었다. 책을 손에 들고도 나는 바로 읽지 않고 며칠간 뜸을
들였다. 잠시 뜸을 들이는 시간도 나쁘지 않았다. 그 뜸은 마치
식탁을 깨끗하게 치운 뒤 새 밥을 먹으려는 자세 같은 것이기도
했다.

　　러미스와 대담을 한 쓰지 신이치라면 일찍이 그가 쓴《행복의
경제학》(장석진 옮김, 서해문집, 2009년)에 대해 내가 다소 불편한 심
정도 토로한 적이 있는 문화인류학자, 저명한 환경운동가가 아닌

가. 이 사람도 대체로 러미스와 같은 생각을 가지고 있을 텐데, 두 사람이 만나 무슨 새로운 이야기를 나눌 수 있을까? 서로 '다른 사람'이 만나야 피 터지게 자기주장을 하고, 그 다른 주장이 펼쳐지는 가운데 재미도 느끼고 얻는 것도 있을 텐데, 같은 생각을 가진 이들이 만나면 '공감의 확인' 외에 달리 새로운 이야기가 뭐 있을까. 책에 대한 선입견이 있었다면 그 정도였다.

　쓰지 신이치의 책에 대해 내가 불편해했던 것은 특별한 이유 때문이 아니다. 그가 히말라야의 부탄을 여러 차례 다녔다고 하길래, 부탄에 들어가서 국왕도 만나고 여러 날 체류하자면 매일같이 200달러의 돈을 부탄 왕국에 꼬박꼬박 지불해야 했을 텐데, "가난이 불행의 절대조건이 아니다"라고 설파하는 이가 참으로 먼 데까지 가서 참으로 많은 비용을 쓰는구나, 하는 감정 때문이었다. 한 번 갔을 때 20여 일 체류했다면 일단 '부탄국립공원'(부탄왕국을 나는 그렇게 부른다) 입장료만 해도 4,000달러, 그러기를 수년간 여러 차례 했다면 오가는 비행기 삯과 부탄에 이르기 전에 경유하는 데 드는 비용을 빼고도 한 번 외유에 만 달러 이상의 돈을 지니고 다닌 셈이 아니겠는가, 하는 계산, 그런 계산 끝에 일어나는 씁쓸한 감정 때문이었다. 그것은 골프 치러 비행기 타고 온 세상을 돌아다니는 사람과 같은 수준이 아니겠는가? 일본의 뛰어난 행복경제학 전도사 쓰지 신이치의 여행지와 여행 경비랑 나는 털끝만큼도 상관이 없었지만, 나 역시 젊은 날부터 히말라야를 적잖이 헤맨 사람이었기에 드는 씁쓸함이었다. 전 세계에서 인도 네팔로 몰려드는 배낭여행자들은 독특한 부탄 입장료와 높은 체류비 때문에 부탄을 그냥 지나치곤 한다. 부탄에 갈 수 있는 이들은 누구일까?

그런 질문을 나는 이렇게 표현한 적이 있다.

○○● 거칠게 잘라 말하기 어려운 일일지 모르지만, 그들은 이 세상을 가난한 배낭족들보다 좀 더, 망친 사람들이기 쉽다. 본의든 아니든 탄소 배출에 좀 더 가세함으로써 지구온난화에 박차를 가한 사람들이거나 그런 체제의 승자들이라고 말할 수도 있다. 어쨌거나 왕국 바깥의 산업사회에서 그들은 그중 여유 있는 사람들임에는 틀림없다. 여유 있는 부탄 입국자들은 악인이고, 그렇다고 돈이 없어 왕국에 진입하지 못하는 배낭족들은 무조건 선한 사람들이라는 어린애 같은 이야기는 아니다. 부탄 왕국의 자폐적인 두려움과 실리가 어떤 의미로는 웃기고 영악하다는 이야기다. 인도에서 7년째 살고 있는 제자에게 들었더니만, 현명하고 지혜롭다고 칭송받는 부탄 왕가의 한 왕자는 인도 뉴델리에 유학을 와 있는데, 왕자의 사치는 이 세상 다른 왕국의 왕자들과 조금도 다르지 않은 수준이라고 한다.

"200달러면 9,600루피인데 서민들로서는 어마어마한 돈입니다. 서민들의 한 달 월급은 대체로 1,000루피에서 4,000루피 정도입니다. 100달러 넘게 받는 사람들은 아주 드문 경우지요. 게다가 가장 1명이 벌어서 부양하는 가족은 4명에서 많게는 10명 정도입니다. 이 돈으로 집세 내고 식료품 사고 병원도 가고 아이들 학교도 보냅니다.

그러니 하루에 200달러가 얼마나 큰돈인지 잘 알 수 있지요. 그런 돈을 매일매일 내야만(써야만) 갈 수 있는 부탄을 지상에 남아 있는 마지막 천국같이 묘사하는 사람들에게는 저 또한 동의하기 어렵습니다."(최성각, 《나는 오늘도 책을 읽었다》(동녘, 2010년, 208~209쪽)

부탄 왕국의 태도를 '자폐적 두려움'이라 비판한 까닭은 부탄이 배낭여행자들을 산업사회의 움직이는 오염 덩어리들로 간주하고 그 폐해를 막기 위해 높은 입국료와 체제비를 요구했다는 것 때문이었다. 쓰지 신이치는 이번 대담집에서도 부탄 왕이 1970년대에 각국 수뇌들을 초대해 제창했던 GNH(국민총행복) 이야기를 하고 있었다. 즉, 부탄 왕은 한 나라의 부의 지표로서 GNP(국민총생산)나 GDP(국내총생산)가 아니라 GNH가 더 중요하다고 생각하고, 실제 2008년 공포된 최초의 헌법에서 GNH를 국가 통치의 중심 개념으로 삼겠다고 선언하기도 했다. 쓰지 신이치는 부탄 왕이 내건 GNH에 깊이 매료된 사람인데, 인도에 살고 있는 내 후배들은 "부탄 왕국의 온갖 궂은일은 인도 비하르 지역에서 온 불가촉천민들에게 의존하고 있다"고 말했다. 그러므로 쓰지 신이치의 부탄에 대한 열광적 매혹이 계속 나를 불편하게 자극했던 까닭은 그가 주장하는 내용 때문이 아니라 그가 외면한, 그가 아마도 보려고 하지 않았기 때문에 표현하지 않았던 것들 때문이었다고 말할 수 있다.

나는 지금 뭔 이야기를 하고 있는가? 참으로 고통스러운 이야기지만, 산업사회에 속해 있으면서 산업사회의 여러 난공불락의 문제들을 비판하는 것은 어려운 일이 아닐지도 모른다. 그렇다고 해서 온 세상을 돌이킬 수 없는 파국으로 몰아넣을 게 명약관화한 경제성장 제일주의를 비판하기 위해 가난을 너무 쉽게 예찬해서는 안 된다고 본다. 달리 말한다면, 나는 지금 경제성장을 비판하고 다른 삶을 이야기하는 이들이 빠지기 쉬운 자기주장의 함정과 낭만성에 대해 말하고 있는지도 모르겠다. 그런 함정에 대해서는 러미스도 이번 책을 통해 말하고 있었다. 그는 이런 식으로 말한다.

> ○○● 근대사회에 대한 비판은 아주 중요하고 또 정곡을 찌르고 있고, 저 자신도 하고 있습니다. 하지만 그와 동시에 거기에는 아주 큰 함정도 있어요. 회사에서 열심히 일하는 사람들의 노고와 노력을 이해하고, 그 위엄을 인정하면서 논의할 수 있는 형태로 어떻게 비판할 것인가 하는 문제입니다.(50쪽)

내 주변에는 가난한 이들이 너무 많기 때문에 나는 사실 '자발적 가난'이니 하는 말을 쉽게 입 밖에 못 낸다. 그 말이 꼭 전달되어야 하는 이들은 너무 멀리 있기도 하지만, 그 말의 본의가 거의 제대로 전달된 적이 없기 때문이다. 가난이 꼭 행복한 삶의 걸림돌이 되는 것은 아닐지도 모르지만, 우리 일상에서 불행과 가난은 대개 쌍쌍둥이처럼 동행하기 때문이다.

어떤 사람들이 온 세상을 이토록 무섭게 뒤덮고 있는 경제성
장론, 발전론을 용기 있게 비판할 수 있을까? 비판이야 누구야 할
수 있되, 어떤 사상이라야 그 비판이 설득력을 얻을 수 있을까?

시위에 참여한 뒤 느낀 벅찬 해방감

러미스는 좀 과장되게 말해서 나를 시골로 가게 영향을 끼친 이
들 중의 하나이고, 쓰지 신이치는 그가 펼친 운동의 대의보다는
그 기질의 맹목성과 흥분으로 인해 나를 다소 웃긴 사람인데,
두 사람이 만나 나눈 이 대담집은 러미스의 첫 책처럼 나를 여러
날 고통스럽게 했다. 거의 대부분 깊이 공감하고 있는 이야기들
이지만, 왜 나는 책을 읽는 내내 고통스러웠을까? 이 책을 접할
수 있는 이들이 누구일까 하는 것 때문이었는지도 모른다. 이미
충분히 가난한 사람들은 거리에서 직장에서 한 푼이라도 더 벌
기 위해 이런 유(類)의 책을 볼 여가가 없고, 이 책을 읽고 자본
주의 체제를 비판하는 사람들은 이미 가난에서 벗어나 있기 십
상이고, 정작 이런 책을 읽고 이 세계가 파국으로 치달리는 것
을 선회하거나 돌이키는 데 총력을 쏟아야 할 힘센 권력자들,
금력자들은 이런 유의 담론들을 가벼운 마음으로 외면할 게 뻔
하기 때문이다.

러미스는 누구인가. 쓰지 신이치는 러미스를 '미국과 일본의

교차 지점에 있는 이'라고 말을 건네지만, 러미스는 그런 규정에
는 대꾸를 안 해버리는 '미국인'이다. 러미스는 샌프란시스코에
서 태어나 캘리포니아대학 버클리 캠퍼스에서 정치사상을 전공
했고, 미 해병대에 입대해 오키나와에 근무한다. 일본과 그의 인
연이 그렇게 시작된다. 후에 다시 미국에서 박사학위를 받은 뒤,
일본 쓰다대학에서 정년을 맞이했으며, 지금은 일본인 처와 오키
나와에서 살고 있다고 한다. 특기할 일은 그가 해병대 장교였다
는 점이다. 그가 전쟁과 에콜로지가 분리된 개념이 아니라 굳게
연결되어 있는 개념이라는 자각을 한 것도, 그래서 그가 자신의
평화론과 에콜로지를 간단히 통합시킬 수 있었던 것도 그의 점령
국 군대로서의 해병대 체험, 오키나와 체험과 무관하지 않다. 젊
은 날 그가 해병대에 입대한 데는 여러 이유가 있었지만, 특히 해
병대 모자가 마음에 들어서였다고 한다. 그러나 러미스는 겁 많
은 미국인이었다. 점령국의 해병대 장교이면서 그는 군 생활 내
내 오키나와 현지인들을 내심 두려워했다고 기술한다. 1960년
일본에서 안보반대투쟁이 한창일 때 러미스가 속해 있던 군대는
한국에서 군사훈련 중이었다. 그는 지프 여덟 대를 지휘하던 지
휘관이었는데, 지프가 논에 빠졌고, 그것을 항의하던 한 시골 청
년이 거칠게 항의를 했다. 그는 항의의 내용이 궁금했지만 "무서
워서 가까이 가보지도 못했어요"(39쪽)라고 말하는, 겁 많은 미
해병대 장교였다.

    러미스가 어떤 인간인가를 이해하는 데에 이런 그의 고백은

매우 중요하다. 그는 최소한 일본군은 다 죽여 없애야 한다는 잔혹한 점령군 장교는 아니었으며, 전 세계를 미국화해야 하는 것을 사명으로 알고 있던 시건방진 미국 시민도 아니었다. 미국이 특히 일본에 한 짓에 대해 그는 잘 알고 있었으며, "한 사람의 미국인으로서 그에 대한 책임을 회피하지 말자"고 다짐(52쪽)하고, 그렇게 살기 위해 애쓴, 섬세한 사람이었다.

러미스는 군복무를 마치고 다시 미국에 돌아가 학업을 계속한다. 1960년대였다. 무모한 전쟁을 일으키는 것으로 지탱되는 '산업문명의 끝'을 느낀 60년대 젊은이들은 아침부터 밤까지 자유토론을 하면서 '다른 문명'을 모색했다. 가히 전 세계를 휩쓸던 비트 세대, 히피 세대 혹은 카운터 컬처의 시대였다. 그들은 다른 문명의 가능성을 꿈꾸며 제도권에서 자발적으로 이탈했고, 세월이 흐르면서 대부분은 긴 머리카락을 자르고 제도권으로 귀환했지만 어떤 이들은 다시는 문명권으로 돌아오지 않았다. 학교에서 수업을 마치고 귀가하던 어느 날, 러미스는 어느 가게 앞에서 시위 중인 피켓라인을 통과해야 했다. 그는 "그냥 지나치기 미안해서 라인에 들어가 세 바퀴 정도 같이 돌다가 집으로"(60쪽) 돌아갔다. 운동의 한쪽에 비켜서 있던 전직 군인 러미스의 생전 첫 시위 참여였다. 시위대와 함께 세 바퀴를 돌고 난 뒤, 그는 "형용할 수 없는 해방감"을 느꼈고, "별세계"에 다녀온 느낌과 함께 "드디어 시작이구나"(60쪽) 하는 안도감 같은 것을 느끼게 된다.

표현하기 힘든 공포 때문에 억제하고 있었던 몸과 마음의 분리로부터의 해방감이 그것이었다. 이후, 러미스는 반전운동가, 혹은 평화운동가로서의 생애로 진입한다. 그의 말대로, 그게 시작이었다.

모두 죽이고 굶겨야 한다는 사고방식

정치학도였던 러미스에게 가장 큰 관심은 언제나 '국가'였다. 국가의 기본적인 정의는 '국가는 군사력을 갖는다'인데, 러미스에게 '일본국 헌법 9조'는 바로 그것을 깨고 있다는 점이 무엇보다도 흥미로웠다. 비록 패전 이후 강요된 헌법이었지만, "무력 행사를 영원히 포기"할 뿐 아니라 "육해공군 및 그 외의 어떤 전력(戰力)도 보유하지 않겠다"는 9조는 일찍이 근대국가 어느 곳에서도 볼 수 없는 특이한 내용이었다. 9조로 인해 일본의 경제부흥이 가능했다는 설도 있지만, 천만의 말씀이다. 우리 핏값을 달라는 이야기는 아니지만, 전후 일본의 경제대국화는 한반도에서 동족들끼리 몇 백만 명을 서로 죽였던 '이 땅의 6·25' 때문에 가능하지 않았던가. 한반도에 태어난 우리는 9조가 전후 일본에 끼친 영향에 대해 틀림없이 달리 해석할 수 있을 것이다.

　최근 일본에는 9조와 관련해 호헌론자(護憲論者)들과 개헌론자(改憲論者)들 사이의 팽팽한 긴장이 있는 모양이다. 요컨대, 무기를 지녀 안전을 꾀하겠다는 개헌론과 무기를 버려 평화를 지키겠다는 호헌론이 그것이다. 어느 쪽을 택할지를 묻는 여론조사 결과는 반반이라고 한다.(마사키 다카시, 《나비문명》, 김경옥 옮김, 책세상, 2010년, 103쪽) 우리는 일본처럼 강요된 헌법은 아니었지만, 건국 이후 지금까지, 더욱이 분단국인 우리는 국가가 군대를 지녀야 한다는 사실에 대해 단 한 번도 의심해본 적이 없으므로 일본처럼 9조를 대상으로 여론조사를 할 건덕지가 없는 일이긴 하다.

정치학도 러미스에게 일생 잊지 못할 충격적인 일이 일어난다. 그가 오키나와의 해병대 장교로 근무할 때였다. 옮겨 일독해볼 만한 내용이라 생각한다.

ㅇㅇ● 언젠가 기지 안에 있는 바에서 공군장교와 자리를 함께한 적이 있었는데, 어쩌다 보니까 그와 논쟁이 벌어졌어요. 제가 "히로시마에 폭탄을 투하한 것은 잘못된 것이다"라고 말했더니, 그의 분노의 수위가 점점 높아지면서 진주만을 공격한 것도, 포로를 고문한 것도 다 일본군이 한 짓이다. 일본이 저지른 만행이 이렇게나 많다며 목록을 줄줄 읊으면서 "그렇기 때문에 폭탄을 투하한 건 당연한 일이다"라고 하더군요. 저는 "일본 군대가 그런 짓을 했을지는 모르지만, 히로시마의 부녀자와 아이들은 무슨 죄가 있느냐?"고 물었어요. 그랬더니 그 장교가 하는 말이, "그 여자들이 군대를 낳았다. 아이들은 자라서 분명 같은 짓을 할 것이다. 그러므로 죽여도 된다"는 겁니다.(97쪽)

이 공군장교의 말을 러미스는 "평생 잊지 못할 충격적인 일"이라고 회상한다. 할 말을 잊은 러미스는 이 세상에 "그런 사고방식이 있을 수 있다는 것을 처음 알았다"고 하면서, 오히려 그 장교 덕분에 반전(反戰)과 비전(非戰), 혹은 평화에 대한 생각을 확고하게 다질 수 있었다고 술회한다.

나는 러미스와 논쟁을 벌였던 공군장교의 말을 접하면서 '이 장교와 비슷한 사람이 최근에도 있었는데', 하고 나도 모르게 중얼거렸다. 《조선일보》의 김대중 주필이었다. 김대중 주필은 '북한에 식량 줘야 하나 말아야 하나'라는 제목의 칼럼에서 "남쪽의 사람들은 이처럼 자기 의사 표시에 강하고 권력에 저항적인데, 북쪽의 형제들은 어째서 그들의 지배 세력에 저처럼 무기력하고 무저항적인가? 때로는 우리가 과연 같은 민족 맞는가 하는 의문이 들 때도 있었다"라며, "지금 북한 주민은 가난해서 일어설 힘조차 없는 것이다"라고 동정심을 표하더니만, 결론은 "그러니, 지금 우리가 식량·물자 등 대북 지원을 하면 그 지원은 그대로 북한 주민에게 돌아가지 않는다. 지원은 우선적으로 군부와 지배계층으로 가고, 그래도 남으면 주민에게 갈 수도 있다는 것이 지원론자들의 주장이지만 우리의 지원 규모는 그렇게 무제한적일 수 없다"고 하면서, 한 탈북인사의 비장한 언급이 마음에 남는다는 말로 글을 맺었다.(《조선일보》, 2010년 10월 18일) 그의 칼럼에 소개된 탈북인사는 '비장하게' 말하기를, "지금 북한에 식량을 주면 북에 남은 우리 아들딸 세대가 얼마간 연명하는 효과는 있겠지요. 그러나 그것은 북한 지배층을 더욱 살찌우고 주민의 가난을 연장시켜 그들의 지배를 영속화하는 결과를 가져올 것입니다. 그래서 저는 지금 아들딸 세대가 굶어 죽는 한이 있더라도 김정일 체제가 계속돼 손자 세대까지 굶어 죽는 것은 막아야 한다고 생각합니다. 지금을 희생해서라도 내일을 살리자는 것입니다"라고 했다.

요컨대 저항도 못하는 지금 북녘 동포들이 불쌍하긴 하지만, '김씨 왕조 체제'를 붕괴시키고 북의 붕괴를 재촉하기 위해 그들이 설사 굶어 죽더라도 쌀을 주어서는 안 되며 그것이 곧 손자들 세대를 살리는 길이라는 이야기였다.

아무리 저 유명한 《조선일보》의 김대중 주필이라지만, 평생 언론인으로서 글을 써온 사람이 굶어 죽더라도 '있는 쌀'을 주지 말자, 는 사고방식을 이렇게 거침없이 표하다니, 경악했던 적이 있었다. 러미스에게 충격을 준 공군장교가 아마도 김 주필과 같은 사고방식의 사람이었던 모양이다.

간디의 비폭력 평화사상을 묵살한 인도

러미스는 자서전을 쓴 게 아니라 신이치와 대화를 나눴다. 누군가와 대화를 나누는 게 자서전이라는 형식을 통해 자신의 경험이나 생각을 피력하는 것보다 한결 듣기가 편했던 것은 왜였을까? 자서전을 쓸 때의 긴장감이 누군가와 나누는 대화에서는 길항 관계로 돌입할 수밖에 없을 것이고, 그 자연스러운 일상적 대화로 인해 읽는 이들도 마치 그 대화에 참여한 것 같은 착각을 불러일으키기 때문일 것이다.

후일 러미스는 인도에 가는데, 놀러간 것이 아니었다. 인도에 간 까닭은 독립 인도가 어떻게 군대를 가진 나라가 되었는가에 대한 연구를 위해서였고, 특히 비폭력 독립운동의 화신인 마하트마 간디가 독립된 새 나라에 품고 있었던 꿈은 무엇이었는지 살펴보기 위해서였다. 러미스의 전공이 바로 '국가'였고, 국가의 기본 정체성은 바로 군대를 가지는 것이었기 때문이다. 독립한 인도는 왜 간디의 비폭력사상을 없애버렸을까? 그때 인도의 국민회의는 어떤 논의를 거쳤을까. 인도 헌법 연구는 자연히 간디에 대한 공부로 전개된다.

러미스가 만난 한 기초위원회의 위원은 "이것은 우리의 헌법이고 우리의 정부이며 우리의 국가다. 그러므로 (계엄령을 발동할) 이 조항을 남용할 사람이 있을 리 없다. 국가를 지키기 위해서만 이용할 것이기 때문이다"라고 답한다. 독립과 동시에 인도는 파키스탄 분리에 따른 분쟁을 겪었으며, 카슈미르에서 전쟁이 발발한 탓도 있었지만, 영국 지배 아래에 있던 식민지 시대 군대를 그대로 인도군대로 흡수했다.

간디는 군대를 반대했을 뿐 아니라 아예 70만 개의 마을이 모두 독립된 자치정부를 가져야 한다고 주장했다. 당시 세계의 주권국가는 총 57개. 여기에 간디는 70만 개의 나라를 더 보태자고 주장했던 것이다. 독립이라고 번역되는 '스와라지(촌락공동체)'라는 말 속에 이미 자급자족이나 경제 자립이라는 의미도 포함되어 있다. 각각의 마을에 필요한 것은 각자 마을에서 만들어내면 그만이다. 그리고 몇 곳 촌락의 대표들이 모여 지역위원회(판차야트)를 만들어, 평등하게 연결되는 인도 전국의 국제연맹 같은 조직을 만들자, 그것이 독립된 인도에 대한 간디의 소망이었다. 그 조직들은 충고를 하고 아이디어를 제공할 자격은 있지만 명령할 권리는 없다고 분명하게 밝히고 있었다.(116~117쪽) 간디가 꿈꾼 국가조직은 군대를 갖는 것이 불가능한 형태였다. 그렇기 때문에 사티아그라하(비폭력 저항운동)에 근거한 헌법은 평화헌법일 수밖에 없었다. 그러나 간디의 국가사상은 실현되지 않았다. 자신의 꿈이 실현되지 않자 초대 수상인 네루의 비공식 고문이면서도 간디는 점차로 현실 권력과 거리를 두게 된다.

러미스는 간디의 평화헌법에 대한 기록을 델리의 헌책방을 뒤진 끝에 간신히 구입한다. 나 역시 오래전《암베드카르 평전》을 구하기 위해 델리 코노트 플레이스 근처의 헌책방을 여러 해 돌아다닌 적이 있었다. 러미스는 간디의 평화헌법 자료를 찾았고, 나는 시간차가 있었지만 군대와 계엄령 조항을 담은 오늘의 인도 헌법을 기초한 암베드카르의 자료를 찾고 있었다. 간디는 인도의 근대화를 반대했고, 암베드카르는 근대화를 통해서 특히 불가촉천민(不可觸賤民)들의 카스트 해방을 꿈꾸었다. 같은 시기 두 영웅의 생각 차이는 그토록 컸었던 것이다.

만년의 간디는 점점 비관적이 되어갔고, 나중에는 영향력마저 상실했다. "아무도 내 이야기를 듣지 않는다. 이제 죽어야겠구나"(120쪽), 러미스는 간디의 만년을 그렇게 추측한다.

인도인들은 간디를 '마하트마'라는 성인(聖人)의 반열에 올려놓고선 정작 성인의 평화사상은 묵살했던 것이다. 정치학자 러미스는 '군대 없는 국가'가 탄생할 뻔한 인도가 간디의 사상을 외면한 데 대해 비애감을 느낀다.

당시 네루는 이루어질 수 없는 꿈을 꾸었던 간디를 어떻게 생각하고 있었을까. 네루는 간디를 불편해하기 시작했다.

○○● 그런데 더욱 나를 당황케 한 것은 옹(간디)께서 이 신문기자와의 회견의 뒷부분에서 자민다르(zamindar: 일종의 지주제도)를 변호하고 있는 일이었다. 옹께서는 이 제도가 농촌과 국가 경제에 대해서 매우 필요한 것으로 생각하고 계시는 것처럼 보였다. 거대한 자민다르와 탈루카(talukas)를 오늘날 변호하는 자는 거의 없을 정도이기 때문에 이러한 옹의 말씀은 나를 몹시 놀라게 했다. 전 세계에 걸쳐 이와 같은 제도는 붕괴되어지고 있으며, 심지어 인도에서조차도 대개의 사람들은 그것이 오래는 존속되지 않으리라는 것을 인정하고 있다. 지주들 자신들도 그 토지에 대한 충분한 보상금만 받을 수가 있게 된다면 오히려 이 제도의 폐지를 환영할 것이다. 이 제도는 그 자체의 커다란 결함으로 말미암아 실제로 침체되고 있는 형편이다.

그럼에도 불구하고 옹께서는 신탁(信託)이라는 언사를 쓰시면서 이 제도에 찬성하고 계셨다. 나는 또다시 옹의 견해가 나의 것과는 천양지차가 있다고 보게 되어 앞으로 과연 언제까지 옹과 협력해갈 수 있을까 하는 생각마저 들었다.(네루,《정의의 도전-나의 사상적 자서전》, 이극찬 옮김, 삼중당, 1964년, 386~387쪽)

간디와 네루의 균열은 시간이 갈수록 가속화되었다.

○○● 옹께서는 놀랄 만한 정도로 인도를 잘 대표하여 이 오랜 역사를 가진 학대를 받아온 땅의 참된 정신을 나타내시게 되었다. 말하자면 옹은 곧 인도였으며 따라서 옹의 실패는 바로 인도의 실패였다……. 그러나 간디 옹의 위대함과 옹의 인도에 대한 공헌, 그리고 개인적으로 내가 옹에게 힘입고 있는 이루 헤아릴 수 없는 막대한 은혜에 대해서는 조금도 의론의 여지가 없다. 그럼에도 불구하고 옹께서는 많은 사실에서 아주 절망적인 잘못을 저지르시는 일도 있으셨다. 옹께서는 결국 무엇을 지향하고 계시는 것일까. 오랜 세월에 걸쳐 옹과는 가장 친밀하게 교제해왔음에도 불구하고 나는 마음속에서 옹의 목적이 과연 무엇인지 분명하게 되어 있지 않다……. 1909년, 옹께서는 다음과 같이 기술하고 있다. 즉, "인도는 지난 반세기에 걸쳐서 배운 것들을 모조리 잊어버리지 않고서는 구제될 수가 없다. 철도, 전신, 병원, 변호사, 의사 등등을 모두 내버려야 한다. 이른바 상류계급은 의식적으로, 종교적으로, 또는 신중하게 소박한 농민 생활이

야말로 참된 행복을 부여하는 생활이라는 것을 인식하고 그것을 터
득하도록 해야 한다"라고. 또한 "나는 기차를 타며 자동차를 이용할
때에는 언제든 자기의 정의의 관념을 범하고 있다는 것을 의식하게
된다", "고도의 인위적이며 급속도의 동력을 사용하여 이 세계를 개
조하려고 시도하는 것은 불가능을 기도하는 일이다"라고.

　　이 모든 것은 전적으로 잘못된 해로운 교리로서, 도저히 실행할
수 없는 것으로 생각된다. 그 교리의 배후에는 옹의 고뇌와 금욕 생
활에 대한 사랑과 찬미가 내포되고 있다. 옹에게 있어서는 진보와 문
명은 인간의 욕망을 배가시킨다든가 그 생활 수준을 향상시키는 데
있는 것이 아니라, "욕망을 신중하게 자발적으로 억제하는 데 있는
데, 이것이야말로 참된 행복과 만족을 증진시키며 봉사의 능력을 증
가시키는 것이다." 만일 이와 같은 전제가 일단 받아들여지게 된다
면 간디 옹의 그 밖의 사상도 이해하기 쉽게 될 뿐만 아니라, 옹의 활
동도 더 한층 잘 이해할 수 있게 된다. 그러나 우리들의 대부분은 그
와 같은 전제를 받아들이지 못하고 있다. 그리고 우리들은 후에 이르
러 옹의 활동이 우리들의 성미에 맞지 않는다는 것을 알게 되자 곧
불평을 털어놓게 된다…….(위의 책, 409~411쪽)

우리에게도 평화사상이 있었다

영국이 만들어준 "철도, 전신, 병원, 변호사, 의사 등등을 모두

내버려야 한다"고 주장한 간디의 격렬한 근대 거부에 네루가 저항을 안 했을 리가 없다. 네루 역시 숱한 옥고를 치르고 한 나라를 압제로부터 해방시킨 거인이었지만 평범한 근대인이었던 그가 어떻게 간디를 이해할 수 있었을까. 간디의 위대성은 바로 이 지점일 것이다. 간디는 러미스가 말하고 있듯이 70만 개의 자급자족적인 촌락공화국의 연합체라는 자신의 꿈이 실현되는 데에 100년도 더 걸릴 것을 예상하고 있었다. 인간의 욕망을 배가시키고 끝없이 진보해야 한다고 생각했던 네루가 어떻게 간디의 100년 프로젝트를 수용할 수 있었을까.

간디의 실패는 인도의 실패가 아니라 곧 인류의 실패가 되어 버린 것이다.

만년의 간디의 좌절을 러미스의 입을 통해 전해 들으며 나는 우리에게도 간디처럼 '다른 국가'를 소망했던 이가 계셨다는 것을 새삼 떠올린다. 부국강병이 아니라 오로지 '높은 문화의 힘'을 소원했던 백범 김구 선생이 그분이었다.

신자유주의라는 해괴한 탐욕의 자유사상이 세계를 뒤덮고 있는 이때 그러나 러미스는 자신이 성격적으로 비관적인 사람이 되기 어렵다며 희망의 끈을 놓지 않는다. 역사의 변화를 보다 높은 단계로의 이행으로서 생각하는 것, 그것이 곧 '진보'라고 하면서(164쪽) 러미스는 경제적인 풍요가 아니라 문화의 풍요, 상상력의 풍요, 창조성과 다양성의 풍요, 사람들과 사람들을 결합시키고 참가시킬 수 있는 문화와 자연이 있다는 의미에서의 건전한 풍요(178~179쪽)를 소망하고 그 실현을 믿는다. 근년에 세계를 덮었던 참으로 어이없는 금융위기를 그는 오히려 사람들이 현실을 직시할 기회로 삼을 수 있을 것이라고 말한다.

러미스는 순진한 사람일까?

러미스와 신이치의 대화 내용은 사실 조금도 새롭지 않다. 조금이라도 제정신을 가진 이들이라면 바로 이해할 수 있고, 쉽게 공감할 수 있는 내용들이다. 그런데 우리 현실에는 왜 이렇게도 소박하고 명쾌한 꿈들이 자리 잡을 데가 막대기 하나 꽂을 만큼도 없을까.

조세희 선생님의 말씀대로 '정신만 빼고 다 있는' 여기 이곳, 우리 사회 말이다.

아버지를 슬픔에 젖게 한
안데스의 빙하 퇴각

마크 라이너스, 《지구의 미래로 떠난 여행》,
이한중 옮김, 돌베개,
2006년

'기후변화', '지구온난화', 이런 말들은 어느덧 일상어가 되었
다. '오존층 파괴', '온실가스', 그런 말도 일상어에 보태졌다. 전
문용어가 일상어가 됨으로써 우리말의 수준이 격상되고 풍요로
워졌을까? 아니다. 예전에 날씨 이야기는 다른 대화를 시작하기
위해 동원하던 인사말로서나 작동했다. 지금은 다르다. 이 행성
에 살아 있는 누구든지 몸으로 기후의 변화를 느끼게 된 것이다.
도시를 더 만들거나 길을 더 넓히지 못해서가 아니라 어쩌면 기
후변화 때문에 인간사회에 큰 재앙이 올지도 모른다고 모두들
희미하게나마 느끼게 되었다.

　저자의 아버지는 젊은 날, 지질학자였다. 어느 날 가족이 다
모였을 때 아버지는 다른 날처럼 슬라이드를 환등기에 비춘다.
1970년대 후반 안데스산맥의 하카밤바에서 찍은 빙하 사진을 아
버지는 늘 자랑스러워한다.

　"저 빙하 지역은 해발 5,200미터, 내가 올라가 본 최고봉이지."
　아버지가 말한다.

"하지만 빙하 퇴각이 빠르게 진행된 것으로 알고 있어요."

아들이 말한다.

"그럴지도 모르겠구나. 다시 가보는 일이야 어렵겠지만 정말 궁금하구나."

늙으신 아버지의 그 한마디 말에 아들은 문득 할일을 찾게 된다. 이 책은 그 후 3년에 걸쳐 페루를 비롯해 다섯 대륙의 지구온난화 현장을 살피고 기록한 보고서다. 키 큰 나무들, 맑은 개울물, 야생 마늘풀밭을 사랑하는 저자는 전기톱에 너도밤나무가 쓰러지면 가슴속에서 무언가 불끈 치미는 녹색 감수성을 지닌 젊은이였다.

가라앉는 중인 섬나라 투발루에서는 산호의 백화현상을 보았으며, 섬이 가라앉을 때 같이 가라앉고 싶다는 노인을 만난다. 알래스카에서는 얼음이 녹고, 집이 무너지고, 오랜 친구인 북극곰이 사라져가는 것을 슬퍼하면서도 석유 개발로 인한 목전의 이익을 포기하지 못하는 원주민들을 만난다. 중국 내륙 네이멍구에서는 놀던 아이들이 흑풍(黑風)에 휩싸여 집으로 돌아가지 못하고 질식해 죽는 이야기를 듣는다. 한때 500여 가구가 살던 마을이 황사에 파묻힌 현장도 본다. 그뿐인가. 저자는 미국의 허리케인 속으로도 들어간다. 1998년 온두라스를 강타한 허리케인에 대해 온두라스의 대통령은 "우리는 지난 50년 동안 건설해온 것을 단 72시간 만에 잃었다"는 말로 요약한다. 고산증을 이겨내면서 찾아간 페루의 웅장하던 열대 산악빙하는 빠르게 녹아내려 아버지가 찍은 사진과는 달리 처참한 모습으로 변한 것을 목도한다. 아버지는 아들이 찍어온 빙하 퇴각 사진을 보면서 "슬프다. 정녕 슬프다"고 말한다.

기후변화는 결국 자연이 인간의 끝 모를 어리석음에 내리친 따귀일지도 모른다. 저자는 지금이라도 한 사람 한 사람이 국가 간 협약을 지키도록 정부를 감시하고, 지금껏 살아오던 생활방식을 조금이라도 바꾼다면 예상되는 파국을 합리적인 수준까지 완화시키면서 지연할 수 있다고 믿는다. 그래서 이 뭉클한 체험기는 황당한 지구 종말론이라기보다는 우리에게 꾸물거릴 시간이 별로 없다는 절박한 호소문으로 읽힌다.

역대급 장마 속에서
떠오르는 한 권의 책

더글러스 러미스, 《경제성장이 안되면 우리는 풍요롭지 못할 것인가》,
김종철·최성현 옮김, 녹색평론사,
2011년

벌써 여러 날째 비가 그치지 않는다. 가히 역대급 장마다. 댐들은 수문을 다 열고, 마을이 잠기고, 산사태가 나고, 목숨을 잃은 사람들의 숫자도 늘어나고 있다. '최대 500밀리미터 강우량', 그런 위협적인 말이 '코로나19 확진자'라는 말처럼 여기저기에서 계속 들린다. 물론 이 글은 한파가 물러나고 새봄을 기다릴 무렵 책으로 출간될 것이다. 어떤 글이든 생산될 때와 소비될 때의 시차가 있을 테니, 어쩔 수 없다.

　　필자만 해도 이번 장맛비에 벌써 나흘째 피난 중이다. 도로 침수도 심각한 일이지만, 상수도가 들어오지 않는 산골짜기라 지표수를 소독해 먹고 있었는데, 식수와 씻는 물이 흙탕물이 되었기 때문이다. 이장은 "취수원 청소를 하고 있으니 조금만 기다려달라"는 문자를 날리고 우리는 이장에게 "고생이 많다"고 답신을 보낸다.

　　마침내 이번 폭우가 지구온난화 때문이라는 소리가 들린다. 무슨 종말론적인 환경론자의 이야기가 아니다. 공영방송 화면에 아예 이번 장마가 '지구온난화 때문'이라고 뜬다. 전에는 '기상이변'이라는 말에서 멈춘 해석이 이번의 원인이 무엇이냐는 곳까지 한 걸음 더 나아간 것이다.

지구온난화는 무엇이고, 왜 일어났을까?

지구의 대기가 뜨거워졌다는 이야기다. 지구 온도가 높아지면 왜 안 되고, 무슨 일이 일어나는데? 사람들이 궁금하면 그러듯이 들고 있던 스마트폰으로 '지구온난화'를 검색하면 아마도 몇백 개의 정보들이 뜰 것이다. 핵심은 지구가 계속 더워지면 지금 살아 있는 생명체가 살 수 없다는 것이다.

그런데 누가 지구 기온을 올렸을까? 바로 우리 '인간 종'이다. 세계가 산업사회로 접어든 이래, 그래서 무지막지하게 대기 중에 이산화탄소를 배출하기 시작한 이래 지구 기온은 서서히 불가역적으로 오르기 시작했다. 2019년에 발표된 '기후변화에 관한 정부간 협의체(IPCC)'에 의하면 지구 사회가 대파국을 피하려면 지구 기온 상승률을 1.5℃ 이내로 억제해야 한다고 한다. 그러기 위해서는 지금까지의 화석연료 사용량을 절반 이상 줄이고, 2050년까지 제로로 만들어야 겨우 1.5℃ 이내로 통제할 수 있다고 경고하고 있다. 그것이 가능할 일이겠는가, 하는 우려와 관계없이 지금 전 세계가 일상처럼 겪고 있는 산불, 가뭄, 폭염, 폭설, 폭우, 조류의 변화, 해수면 상승, 빠르게 녹고 있는 북극의 얼음, 불타는 시베리아, 히말라야·안데스·몽블랑 같은 설산(雪山)의 눈이 녹아내려 바위를 드러내고 있는 일, 물에 잠긴 투발루공

화국이나 베네치아 등이 바로 지구 기온이 1℃ 상승하는 과정에서 발생한 역대급 징후들이다. 지구 기온 1℃ 상승 과정에서 발생한 압도적이고 파멸적인 일들은 이루 열거하기 어려울 만큼 다양하게 전개되었고, 지금도 빠르게 진행되고 있는 중이다.

이번 여름 한반도를 덮친 엄청난 장맛비 또한 그중의 하나라는 원인 분석은 오보(誤報)를 자주 낼 수밖에 없는 기상청의 책임 회피용 변명이 아니다. 하지만 아직은 시작 단계로, 인간의 예측력이 무망해질 '기후 이탈' 현상은 앞으로도 더 자주, 일상적으로 일어날 것이다.

결코 도달하면 안 되는 파국의 데드라인 1.5℃. 그 온도까지 이르기 전에 지구 기온 상승을 멈추게 하거나 낮춰야 할 텐데도 2019년 인류가 배출한 이산화탄소 배출량만 해도 430억 톤으로서 최고 기록을 갱신했다. '지구의 유한성'이라는 주제를 담은 〈로마클럽보고서〉 발표(1968년) 이후 50여 년이 지나면서 이산화탄소 배출량 감소를 위해 수십 차례 국가 간 협의와 기구체가 만들어졌지만, 강제력이 없는 데다 강대국의 무책임한 비토로 금세기 인류는 이산화탄소 배출량을 줄이는 일에 실패했다. 이미 배출된 이산화탄소는 수백년 수천년 동안 대기 중에 머물면서 기온 상승을 부채질한다고 한다. 오래전에 듣기로, 지금 우리가 숨쉬고 있는 대기 중에는 영국의 산업혁명 시절 증기기관차에서 배출된 이산화탄소도 섞여 있다고 했다. 숲이 지구의 산소를 이토록 쾌적하게 만들어준 때는 4억 년 전, 그런데 인류는 불과 몇백 년 만에 대기를 사람뿐 아니라 다른 생명체도 살 수 없도록 덥히고 오염시킨 것이다.

두말할 것 없이, 더 이상 지구 기온을 높이면 안 된다. 방법이 없을까.

2020년 4월 '지구의 날'에 기후 위기와 관련해 낙관론을 펼친 사람들은 "(좋은 소비자가 아니라) 좋은 시민이 되어 좋은 정책을 요구하고, 좋은 정치가들이 좋은 정책을 받아들일 때 지구의 미래는 희망적입니다"라는 헛소리를 한 모양이다.(《춘천사람들》 225호, '기자의 눈' 참조) 왜 이 낙관론을 헛소리라고 단언하냐면, 보통 사람들이 '좋은 시민'이 될 능력에 대한 회의 때문이다. 집값 잡겠다고 정부가 애를 쓰는데, 여당의 한 정치가는 임대주택을 자신의 지역구에 짓는 것은 반대라고 공언한다. 그런 공언에 주민들은 환호한다. 도대체 부끄러움을 모른다. 부끄러움을 잃어버린 게 우리 시대의 가장 큰 손실이다. '없는 사람'과 같이 살면 집값 떨어진다고 우려하는 보통 사람들이 과연 지구 온도를 낮추자는 '좋은 정책'을 내놓을 수 있을까? 나는 매우 침울한 마음으로 의심한다.

비관론자들의 주장은 간단하다. 이대로 살면 지구 기온이 1.5℃까지 오르는 일은 시간문제다, 달리 말하면, 꾸물댈 '시간이 없다론(論)'이다. 지금과는 다르게 살아야 한다는 것이다. 혼자만? 한 국가만? 아니, 전 세계가 달라져야 한다는 주장이다. 그러자면 언제나 부국강병이 목표인 국가 시스템이 달라져야 할 텐데, 어떻게 그런 경천동지할 만한 변화가 가능할까? 과연 인류는 모두에게 평등하게 닥칠 재앙을 피하기 위해 한마음이 될 수 있을까?

　2020년 6월, 비 내리는 날 새벽에 산보 나갔다가 세상을 떠난 녹색사상가 한 분이 있다. 《녹색평론》을 발행하던 김종철 선생이시다. 그는 대구 페놀 사건 이후 《녹색평론》이라는 격월간 잡지를 창간(1991년)해서 세상 떠나기 전까지 결호 없이 발행하던 지식인이었다. 그의 생은 오로지 잡지 발행과 좋은 책 출판하는 일로 채워졌다. 한국 사회에서 그가 남긴 의미 있는 족적은 살아생전보다 사후에 더 오래, 정확하게 평가될 것이라고 생각한다. 모두들 그를 뜨겁게 추모하는 분위기라 거기에 필자까지 가세하기가 멋쩍었지만, 그와 필자와의 30여 년 인연도 짧고 얕은 것은 아니었다. 앞으로도 할일이 많은 귀한 분이 졸지에 세상을 떠났는데, 그 후 여러 날 그의 빈자리를 메울 사람이 안 보인다는 막막함으로 괴로운 시간을 보냈다. 그가 한 일은 앞서 말했듯이, 담백한 디자인의 전범을 보여준 생태인문 잡지 《녹색평론》 발행, 그리고 100여 종이 넘는 출판물 간행이다. 오래전에 어떤 시인이 그렇게 꼽았듯이 나 또한 수많은 책들 중에 두 권의 책을 꼽는데 그중 김종철 선생이 펴낸 책이 있다.

　하나는 스테디셀러가 되어버린 헬레나 노르베리-호지의 《오래된 미래》(현재 중앙북스 발행)요, 다른 하나는 더글러스 러미스의 《경제성장이 안되면 우리는 풍요롭지 못할 것인가》(2002년)이다.

《오래된 미래》는 '문명 이전의 풍요로운 삶'을 구가하던 라다크의 점진적인 붕괴 조짐을 보여준 보고서이고, 《경제성장이 안되면 우리는 풍요롭지 못할 것인가》 또한 진정한 풍요가 경제성장 만능주의로 달성될 것인가 하는 비판적 질문으로 점철된 책이다. 결코 '가능하지 않다'는 결론이 책 제목에 이미 깔려 있다.

멀쩡하게 자족적으로 지구에 큰 해를 끼치지 않고 잘살고 있는 나라들을 '개발이 안 된 미개한 나라', '개발도상국', '선진국'으로 제멋대로 구분한 뒤에 이 세상의 모든 나라를 '개발된 선진국'으로 만들어야 한다는 서구의 발전 신화(發展神話)가 어떤 치명적인 허구를 안고 있는지 이 작은 책보다 더 극명하게 보여주고 있는 책은 많지 않다. 1948년 미국 대통령 트루먼이 온 세상의 나라들을 '발전시키겠다'는 국가 정책을 발표하기 전까지 '발전하다'라는 말은 본시 자동사였으나 타동사가 되어버렸다.

이미 종교가 되어버린 금세기의 '발전 이데올로기'는 19세기에 태동한 서구 식민사관에 바탕하고 있음에도 '식민지 시대 이후의 식민지 시대(신자유주의)'를 세상의 모든 나라가 순진하게도 전폭 동감하고 좇고 있다. 그 광기 속에서 지구 또한 식민지화의 대상임은 물론이다. 이산화탄소 배출량과 관련해 세계적인 불량국가인 우리나라도 서구의 발전 이데올로기를 맹신하고 추종하는 데 일말의 주저도 없었다. 경제성장을 하지 않으면 저주받을 후진국이 되어버린다는 조급증에 나라의 목표가 곧 '선진국 진입'이 되어버렸다.

　이 책은 많은 질문을 남긴다. "그래서 어쩌라고? 경제성장 안하고 살자고? 그러면 굶는데, 책임질 거야?", 하는 공격적이고 냉소적인 질문에서부터 "그게 가능한 일일까?", 하는 진지한 질문까지 이 책은 수많은 질문을 연쇄적으로 일으킨다. 경제성장이 결코 인간을 행복하게 만들지 않았다는 사례를 넘치도록 제시한 저자가 내세우고 있는 대안은 '(경제적으로는) 마이너스 성장', 혹은 '대항 발전'이다. 이를테면 에너지를 줄이는 목표치를 키워야 (발전)한다는 이야기다. 그리고 인간이 진정 성장시켜야 할 것은 서로 간의 나눔이고 기쁨이고 값으로 매길 수 없는 가치들이라고 말한다. 우리나라의 정치가들이나 경제관료들은 마이너스 성장이라는 말에 역병보다 더 질겁한다. 하지만 시베리아 산림이 지구온난화로 불타고 그로 인해 동토 아래 숨죽이고 있던 메탄이 대기 중으로 분출되면서 지구온난화를 중첩적으로 가속화시키는 절체절명의 파국이 진행되고 있는데도 '성장하지 않으면 죽는다'는 공포 속에서 살아야 할 것인가. 이 책의 질문은 통렬하고, 진지하면서 가차없다.

　가장 곤혹스러운 난제는 "인간이 에너지 펑펑 쓰면서 지금처럼 잘살다가 이른바 에너지 덜 쓰는 불편한 생활을 받아들일 수 있을 것인가?"이다. 수많은 경전에도 "빈(貧)에서 부(富)로는 쉽게 이행할 수 있으나 부에서 빈으로 떨어지면 애먹는다"고 하지 않았던가. 그것이 곧 인간의 본성인데, 어찌할 것인가. 이에 대해 저자는 "그런 결정을 한다는 것은 역사상 그다지 선례가 없었습니다. '편한 생활'에서 '힘든 생활'로 의도적으로 바꾼다는 것은 역사 속에서 찾으면 있을지 모르지만, 있었다고 해도 얼마 되지 않을 것입니다. 그 점에 대해서는 두 가지 답이 있다고 생각합니다. 하나는 지금까지의 역사 속에는 지금 우리 상황까지 간 사회도 없었다, 즉 이 정도의 환경 위기에 직면한 그런 사회도 선례가 없다는 것입니다. 해결에 선례가 없을 뿐만 아니라, 문제에도 선례가 없습니다"(105쪽)라면서 과잉 성장을 이룬 나라들이 치르고 있는 결코 행복하지 않은 갖가지 끔찍한 비극들을 들여다보면, 어떤 선택을 해야 할지 자명한 일이 아닌가, 하는 말로 잇는다.

이 책이야말로 대화를 원하는 책이다. 동감하든 비웃든 읽는 이들의 자유지만 자신의 삶(시대)을 자신의 눈으로 보겠다는 이들에게 강추한다. 회피할 수 없는 질문을 담은 이 소중한 책을 세상에 권하는 것으로 방금 세상을 떠난 김종철 선생에 대한 조사(弔詞)에 갈음하고 싶다.

그레타 툰베리는 왜 우리를
가만히 놔두지 않을까

《1.5 그레타 툰베리와 함께》,
한재각 엮음, 한티재,
2019년

그레타 툰베리, 들어보셨는가? 아마 들어보셨을 것이다. 스웨덴에서 살고 있는 열여섯 살 소녀의 이름이다. 21세기 초, 이 이름보다 더 맵고 날카롭게 인류의 양심을 찌르는 이름이 따로 있을까, 얼른 다른 이름이 안 떠오른다. 사실 '인류의 양심' 같은 것은 없을지도 모른다. 그것은 만질 수 있는 사물도, 그렇다고 고가의 브랜드도 아니고, 무슨 물리적 현상도 아니다. 그냥 그런 방식으로 우리가 해야 하는데 못한 일을 해낸 이들을 찬탄하기 위해, 그 찬탄의 반대급부로서 우리 마음속 깊은 곳 어딘가에서 불편과 통증을 느낀다는 것을 표현하기 위해 개발해낸 고상한 상투어일지도 모른다.

내가 그레타 툰베리에 관해 처음 들은 이야기는 대충 이랬다. 어머니는 스웨덴의 유명한 소프라노 가수이고 아버지 직업은 연극배우였으나 나중에는 전업주부. 그레타는 자폐증이 있는 소녀, 그 정도가 그들 가족에 대해 들었던 전부였다.

어느 날 그레타는 태평양에 떠다니는 쓰레기 산(山)을 보고 충격을 받는다. 그리고 어머니와 지구환경, 특히 기후 위기에 대해 이야기를 나눈다.

"그런데 왜 어른들은 아무 행동도 하지 않나요? 엄마처럼 유명한 사람들은 왜 지구온난화에 대해 한마디도 않고 사나요?"

이런 원초적인 질문에 그레타 부모들은 아무런 항변도 못한다. 그레타의 생각이 옳았기에 가족들은 비행기를 타지 않는 삶을 택했으며 이로 인해 딸의 생각이 널리 퍼지고, 그 생각이 현실이 되는 일을 돕기 시작한다.

사실 툰베리네 가족뿐 아니라 상식을 지니고 있는 지구촌의 누구라도 지구환경의 위기는 모두 느끼고 있다. 봄철의 미세 먼지 지옥을 치르고 나니 여름에 온난화로 인해 4,000억 톤의 빙하가 녹았다는 소식이 들린다. 사막은 확대되고 있고, 열대우림은 벌목꾼에 의해서도 줄어들지만 어떤 우파 정치가가 일부러 불을 놓는 바람에 사라지기도 한다. 매일같이 수많은 생명체들이 멸종하고 있고, 살인적인 한파와 폭염은 연례행사가 되었다. 온 세상에 역병이 돈다. 중국에 이어 한반도에서도 수십만 마리의 살아 있는 돼지들이 땅에 파묻혔다. 지구에서 가장 거대하고 장엄한 생명체인 산호초가 빠르게 사라지고 있고, 태평양에서는 멕시코 땅덩어리보다 큰 플라스틱 섬들이 스스로 증식하면서 악령처럼 떠다닌다. 미세 플라스틱을 삼킨 거북이가 죽고 돌고래가 죽어가고 있다.

이 모든 참혹한 재앙이 인류가 산업사회로 진입한 이래, 자연을 자원으로만 파악한 탐욕스러운 인간의 경제활동으로 인해 발생한 일이라는 것을 인정하는 데에 참 오랜 시간이 걸렸다. 과학자라는 이름의 '좀팽이들'은 지구의 기후변화와 생태계 파괴와 인간 종의 존속마저 위태롭다는 것을 느끼기 시작했으면서도, 그것이 경제성장에 광분한 인간 활동의 결과라는 것을, "내 영역이 아니어서 말하기 곤란하다"고 발뺌하면서 실토하지 않았다. 마침내 지금의 지구환경 위기는 지질 역사에서 늘 되풀이되던 자연스러운 일이 아니라 (넓게 잡아서) 지난 200~300년간 인류의 경제활동의 결과라는 것을 이제는 누구나 인정하게 되었다.

2018년 여름, 그레타 툰베리는 태평양의 쓰레기 산을 본 이래 방에 틀어박혀 사흘 동안 나오지 않았다고 한다. 사흘 뒤 방문을 열고 나온 그레타는 이제 사흘 전의 그 소녀가 아니었다. 환경운동가로 변신한 것이다. 그레타는 1인 시위를 통해서 어른들이 미래세대인 청소년들의 허락도 없이 지구 자원(화석연료)을 앞당겨 사용하고, 여기 살고 있는 모든 생명체들이 오래도록 살아갈 수 없도록 지구 기후를 엉망진창으로 만든 책임을 묻는 일부터 했다. 그레타가 만든 환경단체의 이름은 '미래를 위한 금요일 (#FridaysforFuture)'. 그레타는 등교를 거부하고 기후변화에 맞서 더 빠른 조치를 요구하는 시위에 동참하자고 친구들에게 호소하고 이들을 독려하기 시작했다. 어른들에게는 더 늦기 전에 '기후 행동'에 돌입하라고 촉구했다.

 툰베리가 말하는 핵심은 '탄소예산'이다. 탄소예산이란 지구 평균 온도가 1.5℃ 이상 오르지 않으려면 넘지 말아야 할 전 지구적 이산화탄소 배출 총량을 의미한다. 이 총량을 넘겨서 이산화탄소를 배출하면, 지구 평균 온도는 1.5℃를 넘게 되고, 그러면 지금보다 더 극심한 폭염과 더 강력한 태풍, 해수면 상승과 수많은 기후난민의 발생, 식량과 물 부족을 겪게 된다. 요컨대 미증유의 '기후 재앙'을 만나게 된다는 불길하지만 피하기 힘든 예측이 탄소예산이라는 개념이다.

 일부 양심적인 시민 과학자들이 계산한 바에 따르면, 1.5℃ 목표를 지키기 위한 탄소예산은 채 10년이 안 되어 바닥이 날 것이라고 한다. 진지한 사람들이 입버릇처럼 하는 말, "인류가 지금처럼 이산화탄소를 계속 배출한다면 2030년이면 대재앙에 직면할 것이다"라는 말이 여기에 근거한다.

 그레타 툰베리는 유엔본부에서 연설을 해달라는 기후행동정상회의의 초청을 받고 아빠와 함께 화장실도 샤워실도 없는 소형 요트를 타고 2주에 걸쳐 대서양을 항행(航行)해 세계의 이목을 끌었다. 엄청난 양의 탄소를 배출하는 비행기를 이용하지 않겠다는 의지였다.

2019년 9월 23일 그레타는 유엔에서 말했다.

"사람들이 고통받고 있고, 죽어가고 있습니다. 생태계 전체가 붕괴되고 있습니다. 우리는 대멸종의 시작점에 있는데 여러분은 오로지 돈과 영구적인 경제성장에 관한 동화를 이야기할 뿐입니다. 감히 어떻게 이럴 수 있습니까?"

나는 평소 '감히'라는 말을 사용하는 인물들을 신뢰하지 않는다. 인품이나 격이 그 말을 사용하기에 턱없이 부적절한 인사들이 그 말을 권위적으로 남용해왔기 때문이다. 하지만 그레타가 미래세대를 대표해서 자신들이 물려받아 사용해야 할 자원을 남용하고 미래를 강탈한 어른들을 질타할 때 사용한 '감히'라는 말은 더없이 적절하게 느껴진다.

그레타는 "그들은(지도자들은) 빈말과 불충분한 계획으로 우리를 또다시 실망시켰습니다"라고 덧붙였다.

그레타는 고민했고, 공부해서 깨닫고, 느끼고 알게 된 대로 행동했기에 세계를 움직이는 세력들의 거짓을 간파한 것이다. 아니나 다를까 그레타로 촉발된 전 세계 수백만 명의 청소년들과 시민들이 구체적 행동으로 기후 위기에 대처하기 시작하자 세계적인 기업들은 어린 10대 소녀를 '정신적으로 불안정하다'느니, '기후 히스테리 환자'라느니 하며 헐뜯었고, 어떤 패션 기업은 "계속 까불면 성장을 멈춰 가난을 맛보게 해주리라"는 투의 협박까지 동원하기 시작했다. 유엔에서 그레타의 연설을 차분하게 들을 능력이 결여된 트럼프는 그레타를 "매우 행복한 어린 소녀"라고 조롱했다. 한 외신은 트럼프의 조롱을 노벨평화상 후보로 부상한 툰베리가 자신의 경쟁자가 아니라는 것을 보여주면서 분명하게 금 긋기를 하기 위한 전략적 행동이었다고 해석하기도 했다. 실로 가관이다.

　　물론 한국의 '그레타 툰베리들'도 청소년 기후행동을 개시하기 시작했다. "2030년이 되었을 때의 우리 모습을 그릴 수 없다"며 "전 인류가 멸망할 수 있는데도 사람들은 여전히 위기를 인식하지 못하고 있다"고 한국의 행동가들은 안타까워하고 있다.(《한겨레》, 2019년 9월 26일)

　　한국은 2019년 이산화탄소 배출량 세계 7위, 기후 악당국가라는 불명예를 안고 있으나 여전히 화석연료에 의존하는 경제성장제일주의를 고수하고 있는, 한심하고 심각한 환경 후진국이다.

　　마침 이즈음에 매우 중요한 책, 《1.5 그레타 툰베리와 함께》(한티재)가 발행되었다.

　　이 작은 팸플릿에는 툰베리의 연설뿐 아니라 기후행동에 나선 우리나라의 여러 행동가, 실천가, 이론가들의 긴급 메시지가 담겨 있다. 다른 한가한 글들과 달리 이 메시지들은 절박하고 뜨겁고, 안타까움과 그 진정성으로 인해 우리도 뭔가 작은 일부터 실천하기를 애타게 촉구하고 있다. 우리는 이 얇은 책 한 권을 정독하고 책에 대해 토론함으로써 어쩌면 이 세계를 전과 다르게 바라보게 될지도 모른다.

2019년 9월 툰베리의 또 한 권의 책이 나왔고 함께 소개할 수 있어서 기쁘다. 《그레타 툰베리의 금요일》(그레타 툰베리 외 지음, 고영아 옮김, 책담, 2019년)이 그것이다. 이번 책에는 툰베리 가족의 글들이 담겼다. 특히 그레타의 어머니를 키운 할아버지에 대한 부분이 감동적이다. 그 집안의 중심 가치는 '인류애'였고, 그들은 난민이나 어려운 사람들을 돕는 것이 인간의 의무라고 생각하는 사람들이었다. 지구촌의 일원으로서 가장 중요한 일에 몰두하기 시작한 그레타 툰베리가 갑자기 나타난 '난데없는 젊은이'가 아니라는 것을 그 집안의 중심 가치에서 느낄 수 있다.

검찰개혁도 필요하고, 적폐 청산도 결코 미룰 일이 아니지만 사실 우리 모두의 공멸과 관계가 있는 기후행동보다 더 중요한 일은 없다. 그런데도, 우리는 확실하게 진행되고 있는 무서운 재앙에 둔감과 무관심이란 이해할 수 없는 기이한 행동으로 대처하고 있다.

나는 이 책을 읽고
이혼을 결심했다

캐이티 앨버드, 《당신의 차와 이혼하라》,

박웅희 옮김, 돌베개,
2004년

이 책은 경유차를 몰고 다니는 나를 부드럽지만 마음 아프게 고문했다. 나는 이 책의 중간 제목만 훑어 내려가다가 결국 이혼을 결심했다. 이혼을 결심하고 나니 생각보다 마음이 편하다. 협의 이혼을 할까 했는데, 정든 내 차는 도무지 묵묵부답이어서 부득불 깊은 밤에 혼자 결정했다. 이혼 수속은 아마도 간단할 것이다. 관청에서도 내 이혼을 맹렬하게 말리거나 그럴 것 같지는 않다. 관청은 늘어나는 부부 이혼은 줄이기 위해 돈 들여 상담소도 새로 개설하고 엔간하면 같이 살라고 권고도 하는 모양이지만, 한 서생(書生)이 차와 이혼하겠다는 일에는 무심할 게 틀림없다.

처음 운전면허증을 땄을 때는 1988년. 운전교습 학원에 내야 할 돈의 반만 내놓고 연습용 트럭의 운전대를 잡았다. 물론 그전에도 집안 형님이나 친구들의 차 운전석에 앉아 봤지만 본격적으로 운전을 배우려고 차에 올라탔더니 흥분을 감추기 힘들었다. 차에 올랐더니 품격 높은 운전 기술보다는 운전면허 시험에

합격시키는 요령을 가르치는 게 직업인 내 담당 녀석이 라디오
를 크게 틀어놓고 있었다. 뽕짝이 흘러나오고 있었는데, 내가 싫
어하는 가수였다. 그래서 "볼륨을 좀 줄여주시면 안 되겠습니
까?" 했더니, 나를 힐끗 보더니 녀석은 볼륨을 더 높였다. 곧바로
멱살을 잡지는 않았지만, 그 친구더러 나는 "내리라"고 말했다.
그리고 방금 전에 교습비 일부를 납부했던 사무실로 그를 데리
고 가서, 원장인가 총무부장인가 하는 친구에게 "나, 이딴 운전
선생한테 운전 못 배우겠다. 돈 내놓으라"고 인상을 쓰며 돈을
돌려받고자 했다. 하지만 운전교습 학원에서는 일찍이 단 한 번
도 받았던 돈을 돌려준 적이 없다며, "대신 낸 돈만큼 1만 원에
하루 한 시간씩 차를 마음대로 몰면서 연습하라"고 했다. 낸 돈
이 7만 원이었기에 일주일간 혼자 연습했다. 고독했지만, 라디오
를 아예 켜지 않거나 켜더라도 볼륨을 내 마음대로 높이고 줄일
수 있어서 편했다.

　그 후, 세 차례나 운전면허 시험에서 떨어졌다. 독학은 독학의
대가로 면허증 획득에 아주 긴 시간을 요구했다. 마침내 어느 초
겨울 운전면허 시험에 합격하던 날, 나는 지상에서 20센티쯤 뛰
어오르며 환호작약했다. 고시에 합격한 사람이라도 그때 나처럼
환호작약했을까. 나는 젊은 날, 10년 간격으로 두 차례 신춘문예
에 당선된 적이 있는데, 좀 과장해 말한다면 신춘문예에 당선되
었을 때보다 더 기뻤다.

　지금 내가 헤어지려고 하는 차는 '레토나'라는 이름을 가진 5인승 지프다. 변속방식은 매뉴얼, 말하자면 '스틱'이다. 지난 14년간, 이 차를 만나기 전에 나는 세 종류의 차와 만났다가 헤어지곤 했다. 첫 차는 손아래 동서가 끌다가 내게 싼값으로 넘긴 '포니엑셀'이었고, 그다음에는 할부로 샀던 '엘란트라'였고, 세 번째는 역시 친척이 넘겨준 구형 '소나타'였다. 하지만, 방금 열거한 차들은 내 개인적인 자동차 차종력(車種歷)이지, 이혼과 재혼을 거듭한 이력은 아니다. 차와 이혼하다니? 어떻게 '세계적(?)인 자동차 생산국에 태어나서' 보람찬 자동차 생활을 실현하기는커녕 차와 이혼하려는 해괴망측한 결단을 내릴 수 있단 말인가. 차는 하루 세 끼 밥 먹는 일처럼 생활의 일부라는 것을 나는 터럭만큼도 의심하지 않았다. 여기저기 싸돌아다니기 좋아하는 방랑벽을 차 없이 어찌 유지하고 지탱할 수 있단 말인가. 차와 영영 헤어지다니, 그런 일은 상상도 하지 못했다. 사상가 이반 일리치의 말대로, 자동차는 내 발의 사용가치를 제거해버린 것이다. 세계는 자동차 없이는 접근 불가능한 영역이라고 나 역시 받아들이고 있었다. 적어도 어쩌다 환경운동판에 깊숙이 빠지기 전까지는.

　면허를 딴 뒤, 비록 오랜 시간 다른 남자가 올라타서 별짓을 다 하던 낡은 똥차였지만 내게는 신성하기 짝이 없는 구닥다리 '포니엑셀'과 혼인 수속을 마친 다음 들었던 비장했던 심사를 나는 지금도 잊을 수 없다. 관청에 혼인 수속을 마치고 합법적으로 차와 결혼한 상태가 된 그날 깊은 밤, 나는 운전석에 앉아 11시 방향으로 운전대를 잡고 마치 의식(儀式)을 치르는 사람의 비감 어린 얼굴로 명상(?)에 빠졌다.

'이제부터 내가 이 차로 인해 누군가를 다치게 할 수도 있고, 내가 다칠 수도 있을 것이다. 사람이든 길을 건너려는 짐승이든 내가 죽일 수도 있고, 내가 피를 철철 흘리며 죽어갈 수도 있으리라. 따라서 이 차의 실내엔 내 피든 다른 이의 피든 언제든지 피비린내가 진동할 수 있을 것이다. 그리고 나는 모르는 사람과 이 차로 인해 거리 한복판에서 네가 옳다느니 내가 옳다느니, 옥신각신을 하게 될 수도 있을 것이다.'

차와 결혼식을 한 후, 눈부신 '자동차 세상'을 향해 발걸음을 떼기 직전 나는 '차와 죽음'이 아주 밀접한 관계에 있다는 차의 어둠에 대해 생각하고 있었다. 그때 그런 생각을 했다는 것을 나는 지금껏 한 번도 발설한 적이 없다. 잘난 척하는 사람으로 들릴 것만 같아서였을 것이다. 그토록 차와 혼인하기를 원했고 그리하여 마침내 혼인이 성사되었던 바로 그 순간, 왜 나는 내게도 마땅히 일어날 수 있는 그런 피비린내 나는 광경부터 먼저 떠올렸을까.

환경오염과 지구 자원 고갈과 지구온난화에 기여하는 자동차의 반생태적인 이유들은 잠시 접더라도, 자동차라는 매혹적(?)인 괴물이 세상에 출현한 이래 너무나 많은 사람들이 윤화(輪禍)로 목숨을 잃었고, 지금도 매 순간 자동차로 인해 불구가 되거나 목숨을 잃고 있다는 사실 때문이었을 것이다. 횡단보도의 파란색 불이 켜지는 것을 본 뒤 길을 건넜건만, 그런 고지식한 어린이의 목숨을 자동차는 너무나 많이 빼앗아가고 있다는 사실을 알고 있었기 때문이었을 것이다. 그보다 더 자동차 문명의 끔찍한 폐해와 산업사회가 장치해둔 잘난 제도의 허구와 속수무책을 몸서리치게 잘 드러내는 일은 따로 없을 것이다. '길을 건너도 좋다'라는 신호를 믿었다가 앰한 목숨을 잃는 '어린이 윤화'는 이상하게도 다른 어떤 폐해보다도 내게 자동차로 상징되는 현대문명의 비극성을 가장 잘 함축하고 있다고 여겨진다.

사고는 실수하기 잘하는 인간의 본성에 기인할 뿐이라고 자동차가 처음 발명되었을 때, 자동차를 예찬하는 사람들이 자동차 문명의 생명 파괴적 속성에 대해 축소해 말하곤 했다. 그뿐인가. 자동차는 미인을 침실로 데려갈 수 있었고, 그런 전통 때문인지 지금도 자동차 광고에는 자동차와 아무 관계도 없는 반라(半裸)의 여인을 도구로 사용하곤 한다. 신용불량자든 산동네에 살든 장삼이사(張三李四)들 모두 너무나 간단없이 자동차를 소유하고 의존하고 있지만, 자동차가 여전히 자본주의 체제의 신분을 드러내는 기호로 작용하는 것도 사실이다.

자동차를 사람보다 더 중요하게 여길 뿐 아니라 '자동차 중심'으로 국토개발과 도시행정을 펼치고 있는 무지막지한 자랑스러운 자동차 생산국, '우리의 대한민국' 같은 나라에서 자동차 비판은 겉으로는 귀기울여주는 척해도, 속으로는 정신 나간 사람들의 비현실적인 소리로 일축하기 일쑤다. 우리 사회에서는 이제 자동차와 함께 사는 일이 너무나 지당한 일이 되어 있기 때문이다. 자동차와 이혼하고도 가능한 '건강한 삶'과 사회에 대해 사람들은 '생각할 수도 없는 불가능한 일'로 여기고 있다. 그것은 자동차를 가지고 있는 사람이나 가지고 있지 않은 사람이나 똑같다. 나부터 그랬으니까. 하지만 내 자동차 생활이 찬란하고 순조로울 리가 없었다. 차를 소유하고 차를 운전하고 다닌다는 것이 몹시 부끄러웠던 적이 있었다. 1994년께였다. 당시 나는 상계 소각장 건설 반대운동을 하고 있었다. 마을 주민들과 함께 "소각장 건설 문제 있다"라고 서울의 동북쪽 외곽에서 외롭고 처절하게 외치다가 어느 날 나는 《녹색평론》에 '쓰레기 소각 정책—망국으로 가는 길'이라는 제목의 글을 기고했다. 흔히 매체에서 글을 청탁해놓고도 발표한 뒤에는 "필자가 기고했다"라고 말하곤 하는데, 글자 그대로 그것은 '기고'였다. "만약 게재하려면 전재하고 내 글에 손대지 말아주시오"라는 편지와 함께 80여 장 분량의 글을 기고했다. 《녹색평론》은 내 글을 1994년 1~2월호(통권 제14호)에 송고한 그대로 게재했다. 잡지가 발간된 얼마 후, 나는 함께 운동하던 마을의 목사님 한 분과 차를 몰고 대구에 있는 《녹색평론》 편집실을 찾아갔다. 마을의 대책위에서 그 졸고가 실린 과월호 잡지를 소각장 반대운동의 '유인물'로 삼기고 결정했기 때문이었다. 당시만 해도 대형 소각장의 폐해는 물론, '다이옥신'이라는 말에 대해 일반인들은 잘 모르고 있을 때였다.

잡지사에서 챙겨주는 50여 권가량의 책을 차에 실은 뒤, 발행인인 김종철 선생님께 전화를 드렸다. 당시만 해도 면식은 없었지만 후배 문인으로서 대구 편집실까지 찾아왔으므로 전화라도 드리고 가는 게 예의일 것 같아서였다. 김 선생님은 "무슨 일로 왔느냐?…… 아, 그런 일로 왔느냐, 내가 오늘 편집실에 나가지 못해 미안하다, 그런데 어떻게 왔느냐?" 하고 물으셨다. 찾아온 용건에 대해서는 이미 들어 알게 된 분이 다시 "어떻게 왔느냐?"라고 질문하는 것은 "어떤 교통수단으로 서울에서 대구까지 왔느냐?"라는 뜻이었다. 순간, 김 선생님이 어떤 분인 줄 막연하게나마 느끼고 있었던 터라 머릿속에 섬광처럼 스치는 것이 있어 조금 머뭇거리자, 김 선생님은 잔인(?)하게도 재차 "기차로 왔나요?"라고 내게 물었다. 정직하게 곧이곧대로 대답하고 싶지 않았지만, "예, 마을의 목사님과 함께 차를 몰고 왔습니다"라고 대답했다. 쓸데없이 그 대답에 왜 목사님은 끌어댔을까, 불쌍한 최성각! 그렇게 대답하는 순간, 나는 머릿속이 후끈 달아오르면서 얼굴이 시뻘개지도록 창피했다. 대기오염 때문에 소각장 건설 반대운동 한다는 사람이 서울에서 대구까지 고속도로로 차를 몰고 와서 소각장 폐해를 기고한 자신의 글이 실린 잡지 과월호를 사러 왔다? 이런 기막힌 자기모순과 기만이 어디 있단 말인가. 소도 웃고 명멍이도 웃을 일이었다. 정말 부끄러웠다.

하지만 그게 언제였는가. 1994년 즈음이었으므로 참으로 오래 전의 일이다. 그 뒤, 우연한 기회에 환경단체(풀꽃세상)를 창립하고, 본의든 자의든 환경판의 한 글쟁이로서 별의별 올바르고 잘난 소리는 다 해대며 심각한 얼굴을 지으면서도, 속으론 '이혼해야지, 이혼해버려야지', 하면서 정작 차와 전격적으로 결별하지는 못했던 것이다. 독일 언론인 프란츠 알트의 말처럼 "자동차가 경제적으로나 생태적으로나 산업의 역사에서 최대의 실패작"이라는 것을 마음으로는 동감하고, 입으로 글로 기회 있을 때마다 피력하면서도 몸은 차와의 달콤한 혼인을 최대한 즐기는 기만적 삶을 살아왔던 것이다. 그래서 어쩌면 나는 내심 깊은 곳에서는 내가 한 말을 믿지 않고 있는지도 모른다.

그러던 중 이 책을 만났다. 케이티 앨버드의 이 역저(力著)는 자동차와 자동차를 극복하기 위한 모든 내용들을 다 담고 있다. 자동차의 역사, 자동차 출현 때의 인류의 반응들, 자동차 문명권 사람들의 환혹과 절망, 자동차와 별거하거나 이혼하기 위한 무수한 노력들과 기발한 아이디어들, 그 힘겨운 투쟁과 감동적인 실천을 최대한 모아 총망라하고 있다. 자동차 산업 선발국들에서 만약 차와 이혼하기가 가능하다면, 후발국인 우리 사회는 더 쉬울 텐데도 무섭고도 부끄러운 세계 최악의 윤화(輪禍)기록을 보유하고 있는 이 나라의 자동차 맹신은 철벽처럼 견고해서 가히 광신의 수준이라 할 만하다.

나는 이 책이 자동차와 행복한 혼인 상태에 빠져 있는 사람들 뿐 아니라 자동차 생산업체, 그보다 도시행정을 맡은 관리들과 "2만 달러 시대 빨리 앞당기자"는 정치하는 사람들에게 널리 읽히기를 바란다. "자동차와 이혼하고도 행복한 삶이 가능하단 말인가?"라고 묻는 사람들에게 이 책은 "그렇다!"라는 단호하면서도 설득력이 있는 명백한 답변을 마련하고 있다. 새로운 삶에 대한 이 책의 믿음은 명쾌하고도 확고하고, 그래서 감동적이다. 이 책의 소망이 실현될 수 있는 사회는 희망이 있는 사회다. 차와 이혼하기를 권하는 이 책의 권고가 묵살되는 사회는 사실 희망이 없다고 말해도 지나친 말이 아니다.

미국에서 이 책을 구한 뒤 밝은 얼굴로 2004년 당시 필자가 일하고 있던 풀꽃평화연구소 문을 밀고 들어섰던 환경운동가 박병상 선생님께 다시금 감사드린다.

차와 이혼하기로 결심하자 치밀어 오르는 행복감은 생각보다 깊고도 상쾌하다.

덧붙이는 글 _____

자동차와의 이혼과 재혼을 거듭하다가 2021년 현재 나는 다시 작은 트럭과 재혼한 상태이다. 시골에 살고 있고, 땔감도 실어야 하고, 버스가 산골짜기까지 하루에 세 번밖에 안 들어오기에 시내에 볼일을 보러 다니기에 불편하기 때문이란 평계를 대고 있지만, 스스로 생각해도 그 변명이 가소롭다고 생각한다.

2
부

사라지는 것들의 끝없는 목록

목축 시대 이후 인류는
문명의 노예가 되었다

톰 하트만, 《우리 문명의 마지막 시간들》,
김옥수 옮김, 아름드리미디어,
1999년

꽃이 피고 무더위가 시작되자 더 이상 '후쿠시마'를 입에 올리는 사람을 찾아보기 어렵다. 그렇다고 체르노빌 이후 인류가 직면한 이 끔찍한 대형 사고의 뒷일이 해결된 것은 아니다.

지금 우리가 살고 있는 이 시간은 정말 제대로 굴러가고 있는 시간인가? 계속 이렇게 살아도 되는 것일까? 도대체 무슨 일이 일어났지? 이 일은 걷잡을 수 '있는' 일일까, 걷잡을 수 '없는' 일일까? 아마도 그런 의문이 오래전에 발간된 이 책에 대한 이야기를 다시 꺼낼 가치가 있다고 생각하게 만들었을 것이다.

저자 톰 하트만은 글을 쓰는 사람이고, 전 세계를 돌아다니며 강연을 하는 강연자이고, 살고 있는 곳에서는 환경 파수꾼이다. 제목이나 내용은 매우 심각한 이야기지만, 종말론을 펼치듯 다급한 호흡으로 이야기하지 않는 것으로 보아 비관론자 같지는 않다. 그러나 그보다 중요한 것은 그가 태양숭배자라는 사실이다.

하트만은 "우리 (모두) 햇빛으로 이루어져 있다"고 생각한다. 이 책의 첫 문장도 그렇게 시작한다. 지상의 모든 생명체는 햇빛을 받아 저장하는 능력으로 말미암아 비로소 생명(활동)이 된다는 이야기다. 햇빛과 물과 공기로 세포조직을 만드는 식물이 우선 그렇고, 그것을 취해 목숨을 영위하는 동물이 그렇기 때문이다. 그래서 생명이란 곧 숨쉬고 움직이는 햇빛이라고 말할 수 있게 된다. 대략 20만 년 전에 출현했다고 짐작되는 인류 역시 햇빛을 가장 많이 머금고 있는 식물과 그것을 취하는 동물에 의존함으로써 존속할 수 있게 되었다. 이른바, 수렵 채취 시대였다. 인류는 야생에서 자라는 것만 먹었다. 개체수는 자연 내부의 시스템에 의해 자동 조절되었다. 인구는 취할 수 있는 식물성 먹을거리의 양에 의해 신비롭게 제한되었다. 20만 년 전부터 4만 년 전까지만 해도 그랬다는 이야기다. 저자에 의하면 더할 나위 없이 바람직하고 행복한 시절이었다.

그러다가 사달이 났다. 누구도 그 시기를 정확히 꼬집어 말할 수 없겠지만, 대략 4만 년 전에 대단히 중요한 변화가 일어났다. 서서히 진행되었지만 그것은 가히 격변이라 해도 될 일이었다. 인류가 특히 먹을거리와 관련해 자연의 형태를 바꿀 방법을 찾아낸 것이다. 목축 시대를 연 것이다. '현재 햇빛'을 가축에 저장함으로써 더 많은 햇빛을 항구적으로, 일상적으로 먹게 된 것이다. 그렇게 3만여 년의 세월이 흐른 1만 년쯤 전에 인류는 농사를 짓기 시작했다. 쟁기나 낫 같은 금속도 이때 발명되었다. 식량(햇빛)이 늘어나자 인구도 늘어났다. 기원전 3000년에 500만 명이던 인구가 예수 탄생 즈음에는 2억 5,000만 명가량으로 늘어났다. 더 충분한 햇빛의 축적은 인구 증가로 이어졌고, 인구 증가는 곧 권력이 출현하는 바탕이 되었다. 농업을 발명한 이래 자주 피를 흘리기 시작했던 것이다. 그렇지만 이때까지만 해도 인류가 자기들끼리는 박 터지도록 쌈질을 해댔지만, 지구에 끼친 악영향은 심대하지 않았다. 문제는 중세 때 석탄을 꺼내 쓰면서 시작되었다. 석탄이 무엇인가? 나무가 '현재 햇빛'이라면 석탄은 '태고 햇빛'이 3억년가량 저장된 것이다. 더 많은 숲이 농사를 짓기 위해 개간되었고, 더 많은 식량생산을 통해 더 많은 인구를 부양했다. 석유의 기원에 대해서야 이설(異說)이 분분하지만 석유 또한 태고 햇빛으로 간주되는데, 석유가 인류에 널리 쓰이기 시작한 것은 1850년경 루마니아였으니, 극히 최근의 일이다. 인류문명사는 곧 햇빛 저장의 역사, 혹은 먹을거리와 식량, 식량과 인구 증가의 역사와 떼어서 생각할 수 없다는 게 하트만의 견해다. 새롭지는 않지만, 지극히 명쾌하고 간명한 주장이다.

마침내 2010년 기준으로 이 행성의 인구는 69억 명에 달하게 되었다. 이 책에서 다룬 1987년에 이미 50억 명. 물론 포유류에 국한된 이야기지만, 지구상에 존재하는 어떤 단일 종보다도 인간의 숫자가 더 많아졌다. 인류사 전체의 1,000분의 1도 안 되는 짧은 기간에 전체 인구 증가의 90퍼센트 이상이 이루어졌다. 명분이야 어찌 됐든 인간들끼리 싸울 수밖에 없고, 다른 생물종들과도 치열한 자원 경쟁이 벌어지게 되었다. 지구가 공급할 수 있는 에너지 총량의 절대량을 인간 종이 소비하게 된 것이다. 다른 종들에게 허락을 구했을 리가 없다. 따라서 조금이라도 생각이 있는 이라면 자멸이 자명한 현실임을 수긍하게 될 것이다. 저자가 표현한 대로, 현재 햇빛을 사용할 때만 해도 괜찮았다. 석탄이나 석유 같은 태고 햇빛을 모조리 꺼내 쓰겠다고 작심하는 순간부터 걷잡을 수 없는 참사가 일어난 것이다.

돌이켜보면 인류문명사는 곧 전쟁사이기도 했다. 전쟁의 명분은 각양각색이었지만, 거두절미해 말한다면 영토 확장이었고, 식량 확보였다. 금세기에 이르러서야 형식적으로 노예제도가 얼추 해결된 것 역시 풍부한 햇빛에너지 확보가 바탕이 되었다. 인간의 몸이나 그 몸에서 비로소 작동하는 노동력 또한 축적된 햇빛에너지에 의해 가능하기 때문이다. 동서 문화의 융합이라는 명분을 건 알렉산더의 동정(東征)도 그랬고, 외양이야 어찌 됐든 그 또한 땅뺏기 전쟁이었던 중세 때의 전쟁도 그랬고, 길고도 끔찍했던 식민지 시대도 그랬고, 멀리 갈 것 없이 2차대전 때 제3제국의 전쟁 개시 목표도 영토 확장이었다. 지금도 땅뺏기(독도) 싸움에 혈안이 되어 있는 일본의 제국주의도 마찬가지였다. 딱 하나 자원 축적이 목적이 아니었고 단지 전면적 학살만이 목적이었던 칭키즈칸의 세계 정복만은 달랐다. 근대의 마르크스 레닌주의는 햇빛에너지의 '골고루 나누기주의'라 말한다면 지나친 단순화일까? 양차 대전 이후 미국이 전 세계에서 쉬지 않고 일으킨 모든 전쟁은 자원전쟁이었다. 아랍 땅에 석유가 없어도 그들이 그쪽에 돈과 생명을 그토록 투자했을까? 자유를 내걸고 장사를 하고, 평등을 내걸고 자원 확보에 전념해온 게 인류 역사였다.

그러다 어디까지 왔는가?

인간 종끼리의 일은 그렇다 쳐도, 달리 다른 곳에서 살 수 없는 토대인 이 행성에 미친 영향은 참으로 도를 넘어도 한참 넘었다. 빠르게 삼림을 파괴했고, 땅속 태고 햇빛은 이제 거덜이 나기 직전이다. 그 와중에 돌고래가 사라지고, 꿀벌이 사라지고, 산호초가 사라지고, 북극에서는 생각했던 것보다 빨리 얼음이 녹기 시작했고, 연약하기 그지없는 기후 체계마저 건드려 기상이변이 일상적으로 속출하게 되었다. 그뿐인가 체르노빌에서 이제 '후쿠시마 사태'까지 온 것이다.

그런데도 이 자명한 공멸의 미래에 대해 사람들은 왜 이토록 태무심할까? 불가사의한 일이 아닐 수 없다. 이에 대해 저자는 바닷가재를 예로 든다. 바닷가재는 갑자기 뜨거운 물에 넣으면 자신이 죽는다는 걸 즉각 알아채지만, 미지근한 물에 넣어 천천히 가열하면 자신이 언제 요리가 되어가는지를 모른다는 이야기다. 사람이 보기에 그럴지 몰라도 천천히 삶아지는 바닷가재가 재빨리 죽음에 이르는 것보다 더 극심한 고통을 느끼는지 누가 알랴. 그런 점에서 이 비유는 마음에 안 들지만, 저자는 아마 인류가 지금의 삶이 세세토록 지속될 것이라는 막연한 기대를 버리지 못하고 있다는 뜻으로 말했을 것이다. 사람들은 흔히 말한다. "인간들은 똑똑하니 난관을 잘 헤쳐나갈 거예요"라거나 "다 같이 죽는 건 괜찮지 않나요?"라고. 태평한 호모사피엔스는 마치 무적함대 같기도 하다.

　대안은 있는가? 왜 대안은 세계를 이 지경으로 만든 데 대해 무거운 책임을 져야 할 자들이 내놓지 않고, 세계가 이 지경이 됨으로써 인간적으로도 정신적으로도 막심한 피해를 입은 이들에게 늘 요구되곤 할까? 그것도 세상 이치일까? 저자 톰 하트만은 목축 시대 이전의 구문화에서 대안을 찾는다. 무한한 자원과 끝없는 성장이 허구임이 드러나버린 신문화 혹은 현대문명은 구문화의 자연 친화적이며 자족적인 삶의 시스템이 과학적으로도 더 타당하다는 것을 인정해야 한다고 말한다. 이 책의 전반부는 현재 햇빛과 태고 햇빛에 대한 설명, 그리고 책의 대부분은 현재 햇빛만을 조심스레 사용했던 구문화 사람들, 즉 목축 시대 이전의 사람들이 남긴 삶의 내용에 할애하고 있다. 그 풍성한 사례들은 이 책의 주제를 강화하면서 믿기지 않는 감동을 자아낸다.

　그들은 자연과 분리되어 있지 않았다. 그들은 자연에 대한 외경심과 함께 신성(神性)의 감수성을 잃지 않고 살았다. 가히 성공적인 자연 관리의 고수들이었다.

　○○● 누군가가 식량을 구하면 모두가 식량을 구한 것이었고, 누군가가 아픈 아이나 노쇠한 부모를 가졌으면 모두가 아픈 아이나 노쇠한 부모를 가진 것이었다.(240~241쪽)

그들은 파괴와 지배가 인간의 본성이 아니라는 것을 보여준 감동적인 삶을 영위했다. 이른바, '오래된 미래', 즉 도래하면 좋을 미래가 일찍이 과거에 있었다. 한 아파치족 노인은 땔감으로 쓸 나뭇가지를 주울 때에도 땔감에게 "불의 일부가 되어도 괜찮겠느냐고 일일이 물어보아야 한다"(434쪽)고 말한다.

저자는 7,000년 전에 갑자기 시작된 신문화를 인류가 걸린 암으로 해석한다. 그리고 농경 실험을 파멸적인 돌연변이 발생이라고 극언한다. 이후 전개된 지배, 파괴, 살육, 끝없는 욕망 충족의 인간 역사는 그런 극언이 과도한 표현이 아니라는 데 동의하게 만든다. 저자는 그렇다고 우리 모두 목축 이전의 삶으로 돌아가자고 주장하지는 않는다. 지금 바로 이때, 우리가 구문화에서 반드시 배울 것이 있다는 이야기일 따름이다. 거기 어쩌면 출구가 있을지도 모른다는 것이다. 지금 이 행성의 위기와 인간 종의 파멸적 삶의 양태가 "충치처럼 목축 조상들로부터 이어져온 유산의 무의식적인 순환의 결과이지만, 그것은 또한 의식적인 행동으로 끊어낼 수 있는 순환이기도 하다"(21쪽)는 것이 저자의 확신이다.

그래서 어두워 보이지만 기실 밝은 전망을 내놓고 있는 이 책의 후기를 쓴《신과 나눈 이야기》의 저자 닐 도날드 월쉬는 이 책을 읽고 "나 자신을 문제의 일부로 혹은 해결책의 일부로 바라볼 수 있게" 되었다고 하면서, 이 책을 읽었기 때문에 당신은 이제 "결정적 인물(Crucial Ones) 중 하나가 되었다"고 말한다.

전쟁을 일상적으로 일으키는 나라만큼이나 성장만이 살길이라는 미신에 사로잡혀 있는 한심한 우리 사회에 이 책으로 인해 문명의 암을 극복할 '결정적 인물'이 많이 나타나면 좋겠다.

인간은 50조 개의 시민세포로
이루어진 협력공동체이다

브루스 H. 립턴,《당신의 주인은 DNA가 아니다》,

이창희 옮김, 두레,
2014년

이 책은 누구의 도움도 없이 순전히 자력으로 만난 책이다. 주중에 시골에 있다가 주말에 귀경할 때면 나는 별일 없는 한 동네의 지하 책방에 들르곤 한다. 20년쯤 전에는 술집에 들렀을 것이다. 술집과 책방이라? 어감은 책방이 더 방정(方正)하게 전달될지 모르지만 어스름 녘이면 가실 줄 모르는 갈증에 겨워 술집에 들르곤 하던 젊은 날이 여러 측면으로 볼 때 지금보다 더 건강했던 게 아닐까 싶기도 하다. 몸이야 당연히 더 건강했을 것이고, 정신이라는 것이 있다면 그것 역시 술집에서 '술'과 '사람'을 만나겠다는 의지로 그곳에 들어섰을 테니, 얼마나 진실하고 건강한 태도인가. 한 일도 없이 나잇살이나 먹고선 주말에 침침한 눈을 껌벅이며 양서보다는 잡서로 그득 찬 책방이나 기웃거리는 모습은 사실 그리 보기 좋은 모습은 아니다. 그렇다고 말할 수 있음에도 불구하고, 이 책은 이번 겨울 어느 주말에 또다시 책방에 들렀다가, '과학' 코너에서 만났다. 서평으로도, 광고로도, 누군가의 소개도 없이 오로지 책방의 좌대에서 우연히 만난 뒤, 나는 곧바로 색연필로 밑줄을 그으며 이 도발적인 이단 생물학자의 자서전 같은 이야기에 푹 빠져들었다.

"DNA가 알고 보니 당신의 주인이 아니다"라는 투로 개제(改題)했지만 이 책의 원제는 '믿음의 생물학(The Biology of Belief)'이다. 우리 출판계는 원제를 다소 과장하거나 부러 왜곡함으로써 책의 매출을 높이려고 안간힘을 쓰곤 하는데, 그런 자극적 노력으로 과연 소기의 실효를 얻어내고 있는지는 모르겠다. 이 책 또한 유인(誘引)의 의도가 짙은 제목을 붙였지만, 정독하고 나면 책의 내용이나 주제로 볼 때 '믿음의 생물학'이라는 원제가 올바르게 붙인 제목이라는 것을 알 수 있다.

저자 브루스 H. 립턴은 세포생물학자다. 생물학이 그토록 세분화되어 있는지 사실 나는 잘 몰랐다. 일곱 살 때 저자는 현미경을 들여다볼 기회를 가졌다. 그리고 현미경 속에서 '헤엄치는 짚신벌레'를 본다. 그는 마치 최면에 걸린 것처럼 춤추는 짚신벌레에게 홀딱 반해버린다. 그런 게 어쩌면 운명인지 모른다. 왜 어떤 어린이는 처음 본 현미경 속의 짚신벌레에 그토록 빠지는지, 그것은 설명이 불가한 일에 속한다. 태어나서 세포를 처음 본 저자는 집에 돌아오자 어머니한테 현미경을 사달라고 조른다. 꼭 결말이 다 보이는 위인전 같다.

어쨌거나 세월이 흘러 그는 대학원생이 되고, 광학현미경보다 수천 배나 더 강력한 배율 10만 배의 전자현미경으로 세포를 이루는 분자구조의 틈새를 살펴본다. 그는 그 신비로운 세계를 보면서 우주여행에 버금가는 인적미답의 내부 세계를 향해 들어간다고 생각한다.

일곱 살 때 처음 본 광학현미경이 세포도 감각이 있는 존재라는 사실을 알려주었다면, 세포생물학도가 된 대학원생에게 전자현미경은 생명의 가장 기본이 되는 분자들과 대면하게 했다. 그는 세포의 미세한 구조와 행동을 상호연결하면 자연의 본질을 들여다볼 수 있으리라 확신했다. 대학원 재학 중, 박사학위 후 연구과정에서, 의대교수가 된 이후까지 그는 깨어 있는 시간 내내 현미경으로 세포의 분자구조를 탐색하는 데에 몰두했다.

왜 그랬을까?

그는 세포들의 움직임, 즉 '세포들의 삶'에 목적이 있다는 확신을 일곱 살 이래 한 번도 잃어버린 적이 없었다. 할일을 일찍 찾은 그는 행운아였다. 이 세상에 평생 할일을 못 찾고 헤매는 사람이 얼마나 많은가. 행운은 노력으로 얻는 게 아니다. 행운은 그냥 행운으로 다가올 따름이다. 이 사람의 경우도 그랬지 않은가.

생명에 대한 생물학자들의 전통적인 입장은 무엇일까? 생명은 순전히 우연의 산물이고, 동전의 어느 쪽이 나왔느냐의 문제 정도로 간주한다. "신(神) 따위 필요 없어!"가 찰스 다윈 이래의 생물학자의 모토였다고 한다. 다윈 자신이 신을 믿었건 안 믿었건, 그 문제와 관계없이 다윈은 생명체들이 지니고 있는 특성이 신의 개입으로 형성된 게 아니라는 주장을 펼쳤다.

다윈은 인간의 형질이 부모로부터 자손에게 유전된다고 봤
다. 이 '유전적 요인'이 한 개체의 삶의 특징을 지배한다고 추정했
다. 다윈의 후예들은 미친 듯이 생명을 분자 수준까지 분해해가
기 시작했다. 그러다 50년 전에 제임스 왓슨과 프랜시스 크릭이
유전자의 기본 구성물질인 DNA의 이중나선구조와 기능을 밝혀
냈다. 언론은 "생명의 비밀 풀려!"라고 환호작약했다. 생물학자
들도 유전자의 소용돌이에 빠져들어, 생물학적 삶을 통제하는
DNA 메커니즘이 분자생물학의 핵심 도그마가 되었다. 오래 끌
던 '선천 대 후천 논쟁'은 선천의 승리로 종결되었고, 후에 DNA
가 사람의 신체적 특징뿐 아니라 감정과 행동까지도 통제한다고
믿게 되었다. 그러다가 결국 "유전자에 결함이 있는 상태로 태어
나면 불행해진다"는 식의 유전자 만능론, 유전자 결정론으로까
지 나아갔다. 그것이 바로 주류 생물학의 중심원리였다.

저자 립턴이 반기를 든 곳이 바로 이 지점이었다. 유전자가 생
명을 지배하는 게 아니라는 근거로 유전자는 스스로를 껐다 켰다
할 수 있는, 말하자면 스위치가 없다고 그는 주장했다.

○○● 좀 과학적으로 말하면 유전자는 스스로 발현되지 않으며 환경
속의 그 무엇인가가 유전자의 활동을 촉발해야 한다는 뜻이다.(25
쪽)

중심원리를 비판하자 립턴은 생물학계에서 곧바로 '과학적 이단자'로 몰렸다. 세계적으로 저명한 주류 생물학자들 앞에서 그는 유전자 만능론(결정론)을 비판했고, 거물 생물학자들은 고함을 지르며 광신자들처럼 분노했다. 그의 주장의 핵심은 인간이 유전자의 희생물이 아니라 운명의 주관자로서 평화, 행복, 사랑으로 넘치는 삶을 창출해낼 능력이 있다는 것이다. 즉, 우리 몸에는 50조에 이르는 단세포가 있는데, 이것들이 우리에게 생명의 메커니즘을 알려줄 뿐 아니라 어떻게 풍부하고 만족스러운 삶을 살아갈 수 있는가도 알려준다는 것이다. 그것을 그는 '세포의 의인화', 혹은 '세포처럼 생각하기'라 표현한다. 주류 생물학계에서 그를 어떻게 평가하든 그는 그런 의인화가 바로 생물학의 기본 바탕이라고 확신한다. 사람은 하나의 개체라기보다는 50조 개에 이르는 단세포 시민들(세포들)로 구성된 상호협력공동체라는 것, 세포 하나하나가 아메바 같은 모양으로, 생존을 위해 상호협력 전략을 발전시켜왔고, 인간은 곧 집단 아메바적 의식의 산물이라는 이야기다.

평생 현미경으로 세포만 들여다보던 립턴이 결국 알아낸 것은 무엇인가? 거듭 이야기하지만, 인간의 몸과 마음을 지배하는 것은 (유전자가 지배하는) 호르몬과 신경전달물질이 아니라, 인간의 믿음이라는 게 이 책의 핵심 주장이다. 인간의 믿음은 어디에 주소를 두고 솟아나는 것인가? 바로, 마음이다. 마음은 몸속 어디에 있는가? 아직도 선연하게 해결되지 않은 이 난공불락의 질문에 대한 인류의 해답은 머리(뇌), 심장(가슴), 혹은 배〔腹〕, 피〔血液〕 등이다. 그런데 이 책은 세포 속에 마음이 있다고 본다. 그리고 그 마음이 몸을 지배한다는 것이다. 재미있고 놀랍다.

믿음(마음)이 어떻게 생명체(몸)를 지배하는가. 그것을 그는 혈관 내벽을 이루는 세포인 혈관내피 세포에 관한 연구로 접근한다. 배양한 세포들을 살펴보았더니, 세포들은 주변 환경을 주의 깊게 관찰하고 있다가(실험자는 세포를, 세포는 주변 환경을 각기 관찰한다) 환경으로부터 들어오는 정보에 맞추어 행동을 변화시킨다는 것을 알게 되었다. 립턴이 영양분을 넣어주면 세포들은 두 팔을 벌리고(세포에게 팔이 있다고 간주한다면) 영양분을 향해 달려왔다. 독성물질을 떨어뜨리면 세포들은 이 자극성 물질로부터 멀리 도망쳐서 스스로를 보호했다. 세포들이 생각이 있어 선택하고, 때로는 기피한다는 이야기다.

립턴의 말을 직접 들어보자.

○○● 연구 성과 중 가장 흥미로웠던 것은 히스타민과 아드레날린을 배양접시에 동시에 떨어뜨렸을 때 나온 결과였다. 관찰해보니 중추신경계가 분비하는 아드레날린 신호가 국소적으로 방출되는 히스타민 신호를 압도하고 있었다. 앞서 말한 공동체의 질서가 여기서 드러났다. (…) 다세포 생물에 적용되는 원칙, 즉 마음(중추신경계가 분비하는 아드레날린)이 몸(국소적으로 분비되는 히스타민에 반응하는)을

압도한다는 사실을 단세포 차원에서 드러낼 수 있었기 때문이다.(179~180쪽)

거두절미한 인용이라 잘 전달될 리가 없을 것이다. 립턴이 이 실험을 통해 하고 싶은 말의 핵심은 무엇일까? 인간은 우리 몸속의 50조 개의 생각하는 '똑똑한 세포'와 함께 두려움 없이 성장해야 한다는 것, 수단 방법을 가리지 않고 오로지 생존하는 게 목표인 다위니즘은 '가진 자'와 '못 가진 자'로 구분되는 문명을 불가피한 것으로 받아들이며, 세상의 모든 것은 저 나름의 가치를 갖고 있다는 사실을 직시하려 하지 않는다는 것. 불행히도 이런 사고방식의 희생물에는 병든 지구, 노숙자, 미성년 노동자 등이 모두 포함된다는 것, 이들은 이 투쟁에서의 패자인데, 다위니즘에서는 승자도 결국 패자라는 자각을 하게 되었다고 말한다.

문외한이 과학책을 소개하는 일은 역시 어렵다. 일독을 권할 만한 책이다.

동물이 인간을 위해
존재해야 하는 생명체가 아니다

최계선 지음, 정태련 그림,《동물시편》,
아이북,
2017년

코로나19로 세상이 난리다. 본래 세상일에 둔감하고 유행에 무신경한 편인 나는 내 본성대로 처음엔 이 역병에 둔감했고, 사람들의 불안과 과도한 공포를 약간은 비웃기조차 했다. 일어날 일이 일어났다는 생각에서였다. 환경운동하는 글쟁이로서 '지금처럼 살면' 언젠가 역병의 도래와 맞닥뜨릴 것이라는 글도 주야장천 써왔지만 그것은 습관이 된 우려였던 것 같다. 그렇지만 걷잡을 수 없는 인간의 무례를 지켜보면서 어쩌면 인류는 그 탐욕과 살아 있는 존재에 대한 무자비한 폭력성으로 인해 반드시 벌을 받을 것이라는 불길한 예감은 늘 있었다. 그러다가 정작 팬데믹이 닥치자 내 예측은 '좀 다르게 살자'는 반성을 강조한 것이었지, 역병을 기다렸던 것은 아니었음을 알게 되었다. 보통 사람일 뿐인 내가 무슨 자격으로 인간의 탐욕을 비판하기 위해 역병을 기다릴 수 있단 말인가.

2020년 겨울에 접어들자 'K-방역'을 자랑하던 우리나라도 이

제 '팬데믹'이라고 불러도 될 걷잡을 수 없는 흐름 속에 들어가 버
렸다. 그런데도 코로나19로 인해 얻은 가외의 소득이 있다는 설
도 있다. 무슨 일이 터지면 곧바로 책 한 권을 쏟아내는 성질머리
급한 대중철학자 슬라보예 지젝은 '팬데믹'으로 얻게 된 이점(利
點)도 있다는 주장을 담은 어떤 이의 견해를 자신의 책《팬데믹 패
닉》에 인용했다.

> ○○● 환경자원경제학자 마셜 버크는 열악한 대기질과 그 공기를 호
> 흡함으로써 발생하는 조기 사망 간의 연관성이 입증되었다고 말한
> 다. 그는 "이를 고려했을 때 떠오르는 자연스러운 ― 이 표현은 여러
> 모로 이상하지만 ― 의문은 코로나19가 불러온 경제적 혼란으로 인
> 해 공해가 줄어드는 바람에 구하게 된 목숨들이 바이러스 자체로 인
> 한 사망자들을 능가하는지 여부"라고 말한다. "아무리 줄여 추정해
> 보아도 내 생각에 그 대답은 분명 '그렇다'다." 그는 단 두 달 동안의
> 오염 감소만으로도 중국에서만 5세 이하 어린이 4,000명의 목숨과
> 70세 이상 성인 7만 3,000명의 생명을 구한 것으로 볼 수 있다고 말
> 한다.(슬라보예 지젝,《팬데믹 패닉》, 강우성 옮김, 북하우스, 2020년,
> 113쪽)

팬데믹으로 침체된 경제 때문에 대기오염이 줄었는데, 줄지
않았더라면 사망했을 인명이 팬데믹 때문에 덜 사망했다는 이야
기다. 역병은 아직 사그라들고 있지 않지만, 적잖은 이들이 팬데

믹 공포 속에서도 미세 먼지가 덜 엄습하니까 그것은 그것대로 반갑고 살 만하다고 술회하곤 했다. 나 또한 2020년 봄에 미세 먼지 걱정 안 하고 살면서, 그렇다고 팬데믹이 더 확산되기를 바라지는 않았지만, 어쩌면 이 역병으로 인해 우리가 '다른 사회', '다른 삶'으로 이행하게 될지도 모른다는 실낱같은 기대를 품은 적이 있다.

팬데믹으로 인한 혜택은 다소 나아진 공기질뿐만은 아니다. 화천 가는 길목의 시골에 사는 나 역시도 한 가지 다행인 소식을 접하게 되었으니, 화천 산천어축제가 죽을 쑀다는 뉴스였다. 2020년 초 역병 발발로 인해 산천어 사냥에 몰려오던 관광객이 줄어들자 물고기를 화천군에 팔아넘기던 양식업자들이 거의 울 것 같은 얼굴로 삽을 들고 산천어를 트럭에 퍼담는 것을 뉴스에서 본 기억이 난다. 산천어들은 하얀 배를 하늘에 드러낸 쓰레기가 되어 있었다.

산천어축제로 인해 기대되고 유지되던 경제의 위축과 그 축제에 관련된 수많은 서민들에게 닥치게 된 경제적 어려움을 생각하면 마음 아프고 우울한 소식인 데다, 축제를 열지 못하게 된 마당에 이런 말을 한다는 게 상당히 조심스럽긴 하지만, 그 축제를 몹시 불편하게 바라보던 시각도 있다는 것을 말하고 싶다.

　　대한민국에서 가장 성공한 겨울 축제라는 견고한 명성은 물론 이고, 세계적인 겨울 축제로서 연인원 몇백 만 명이 몰려드는 '화 천 산천어축제'에 동원된 수사는 현란하고 눈부셨다. 굶긴 산천 어 수천 마리를 가둬놓고 갖가지 방식으로 물고기 학살을 하면서 거기에 '생태 축제'라는 말도 덧붙였다. 맨손으로 잡아서 생태적 이라는 뜻이었을까? 물고기를 입에 물고 난리법석을 피워서 친 환경적이라는 뜻이었을까?

　　"살아 있는 산천어를 얼음판 아래 가둬놓고 유희처럼 잡아 죽 이는 것은 축제가 아니다"라는 글도 여러 번 썼고, 축제 즈음에는 축제 담당자에게 전화를 걸어서 "정히 지역경제 때문에 축제를 지 속해야 한다면, 축제 시작하는 날 산천어 위령제라도 지내고 하면 어떻겠냐?"며 그 위령문의 내용까지 제안한 적도 있다. 2019년엔 동물보호단체에서 데모를 한다기에 거기에 머릿수 하나라도 보태 려고 부리나케 화천으로 달려갔던 적도 있다. 데모는 약속 시간에 성공적으로 이뤄질 수가 없었다. 산천어축제 현장에서 그것을 반 대하는 의사를 표현하는 일은 로마의 원형 경기장에서 검투사가 황제에게 창을 던지는 일보다 더 위험천만한 일이었다. 그곳 물고 기 학살장의 열기와 보통 사람들의 흥분이 그렇다는 이야기다. 한 번은 어떤 스님이 살상에 대해 비판적인 말을 했다가 봉변을 당한 적도 있었던 모양이다. 환경부장관(조명래)도 취임하자마자 그 축 제에 대한 다소 부정적인 개인적 소회를 밝혔다가 군민들의 거친 항의에 직면해 사과한 적이 있었다. 화천 산천어축제는 그렇게 오랫동안 일체의 비판이 용인되지 않는, 완벽하게 성공한 축제의 상징이었다. 비판 불허의 무기는 경제 논리였다.

그 축제와 관련해 법정에까지 사건이 올라갔었는데, 법정은 화천 군민의 손을 들어주었던 것 같다. 법정의 판단은 언제나 인간중심주의에 바탕하고 있으므로 산천어의 생명 따위에 대해 고명하신 법관들이 고통스러운 마음으로 숙고할 리가 없다. 오래전의 일이라 모두 잊어먹었겠지만, 새만금 갯벌을 메울 때에도 법은 갯벌이 메워지거나 말거나 방조제 건설의 절차만 살펴보았던 기억이 난다. 아직 인류가 확보하지 못한 '야생의 법'이 현실이 되면 어떨까, 모든 생명체들의 권리가 존중되기를 바라는 생태론자들은 인간만을 위한 법을 존중하기가 어려울 수밖에 없다.

매년 겨울이면 산천어축제를 알리는 요란한 플래카드를 보면서 그곳 축제장의 물고기 학살을 떠올리며 살아야 했던 불편이 있었는데, 올겨울에는 그런 플래카드가 안 보인다. 이것을 팬데믹의 순기능이라 말하는 것은 가혹한 해석이지만, 가속되는 기후변화로 앞으로 얼음을 전력(電力)으로 얼리는 일도 쉬운 일이 아닐진대, 그 아름다운 산골짜기가 '죽임의 문화'가 아닌 다른 방식으로 경제적 활로를 찾기를 바라는 마음이 깊다.

그렇다고 나는 모든 종류의 살상을 금지하는 자이나교도도 불자(佛子)도 아니고, 특별히 동물을 사랑하는 별난 사람도 아니며 여전히 고기를 먹는다. 그렇다고 동물은 안 먹지만 식물은 먹어도 괜찮다는 채식주의자도 아니다. 학자들에 의하면 식물도 여간 똑똑하지 않다고 한다. 사람의 관찰 능력이 부족할 뿐 식물도 끝없이 운동하고 의지적으로 활동하는 지적 생명체라는 것이 학자들의 견해다.

○○● 오스트리아-헝가리제국의 저명한 식물학자 라울 하인리히 프란체(Raoul Heinrich Francé)는 20세기 초 "사람은 식물을 관찰하는 데 시간을 들이지 않기 때문에, 식물들이 움직임과 감각 능력이 부족하다고 생각한다"며, "식물은 동물이나 더 숙련된 인간들과 마찬가지로 자유롭고 능숙하며 우아하게 몸을 움직인다"라고 강조했다. 당연히 맨눈으로 식물의 움직임을 관찰하기는 어렵다. 관찰하는 데 걸리는 시간이 너무 길어 인간의 측정 범위에서 완전히 벗어나기 때문이다. 하지만 그들은 분명 움직인다!(오스카르 아란다, 《누가 내 이름을 이렇게 지었어?》, 김유경 옮김, 동녘, 2020년. 43쪽)

움직이는 동물을 먹으면 야만이고, 움직임이 잘 안 보이는 식물은 괜찮다는 논리는 내게 설득력이 없다.

나는 그저 다른 생명체를 취해야만 존속이 가능한 생명의 생래적 속성을 겸손하게 받아들이면서 고기든 풀이든, 그것을 취할 때 감사하는 마음으로 정중하게 취하는 것이 옳다고 생각하는 부류의 인간일 뿐이다. 먹을 것을 취하는 방식에서 가장 품위 있었던 이들은 아메리카 인디언들이 아니었는가 생각한다. 생명체의 부위를 몬도가네식으로 과장한 식당 간판들을 일상처럼 보는 일은 내게 언제나 힘겹다. 어쩌다 텔레비전에서 연예인들이 생물을 갖고 희롱질을 하는 것도 참기 힘들 만큼 역겹다. 그런 역겨움과 불편에 대해 생각해보니, 나는 생명을 도구로 유희를 하는 인간에 대해서 그들과 같은 종이라는 데에 깊은 수치심을 느끼는 종류의 사람이라는 것을 알 수 있었다.

사실 동물에 대해서도 나는 잘 알지 못한다. 간디는 동물을 대하는 태도를 보면 그 나라의 도덕성을 알 수 있다고 했다. 이 나라의 동물 인식 수준은 바닥이라고 생각한다. 그래서 산천어축제 이야기부터 꺼냈나 보다. 물론 동물 학대는 우리나라만의 이야기가 아니다. 쇠뿔에 가연성물질을 매달고 불을 붙인 뒤 뜨거워 길길이 날뛰는 소를 바라보며 즐기는 스페인의 '불의 황소' 축제, 아직도 해결 안 된 논란거리를 야기하고 있는 투우, 덴마크의 고래축제, 소싸움, 닭싸움, 중국의 기이한 식문화 등 인간이 자행하고 있는 동물 학대의 실상을 나열하면 한도 끝도 없을 것이다. 그럼에도 확실한 한 가지는 동물이 인간을 위해 존재해야 하는 생명체가 아니라는 것이다.

사실인지 증명할 재간이야 없지만, 《사람보다 아름다운 영혼을 가진 동물 이야기》(잭 캔필드 외 지음, 이상원 옮김, 푸른숲, 2000년)라는 책도 떠오른다. 어떤 형태로든 현대의학의 도움을 받고 있는 우리 모두는 동물에게 빚을 지고 있다. 실험실에서 애꿎게 죽어가고 있는 동물뿐 아니라 의약품들을 먼저 동물에게 시험하기 때문이다. 인간에게는 그럴 권리가 있고, 동물에게는 그 부당성을 항거할 권리가 없다는 게 인간의 생각이다. 그뿐인가. 지금 이 순간에도 수많은 종들이 분명한 이유도 없이 인간에 의해 멸종되고 있다. 돈이 된다고 죽이고, 단지 못생겼다는 이유 때문에도 죽이고, 상아 도장을 만들기 위해서도 죽였다. 그뿐인가, 취미나 오락거리로도 죽였다. 공장식 축산 현장에서는 연례행사처럼 입에 담기도 머릿속에 떠올리기도 끔찍한 '살처분'이 매년 반복된다. 지구를 포함해서 '살아 있는 존재들'에게 인간은 너무나 무신경하고 난폭한 짓을 오래도록 해왔다. 반드시 벌을 받을 것 같은 불안감이 늘 있었다. 그리고 마땅히 벌을 받아야 한다고도 생각했다. 코로나19 바이러스는 어쩌면 살아 있는 것들을 너무나 거칠게 대해온 인간 종에 대한 자연의 공격을 상징하는 척후병일지도 모른다. 인간이 대처할 유일한 해법은 겨우 백신이다. 그러나 백신은 항구적인 해결책일까, 코로나19 다음의 반격자는 나타나지 않을까? 우리가 저질렀고, 감당해야 할 죄업(罪業)이 너무나 두텁다.

최계선 시인이 동물 시집을 냈다. 동물의 이름이 곧 시편의 제목인 짧은 시와 수준 높은 세밀화가 기억에 남는다. 인간에게만 통용되는 언어로 시가 구성될진대, 그 시적 대상인 동물에 대한 의인화가 어느 정도 허용될지 나는 잘 모른다. 동물에게 허락받거나 동의를 구하지 않은 의인화는 사실 위험한 일이다. 하지만 시인은, 이 시집을 묶기 전에 이른바 환경에 관한 책, 문명에 관한 책, 동물에 관한 책들 수십 권을 두 계절에 걸쳐 두문불출하며 읽고 있다고 말한 적이 있다. 그는 수험생처럼 열심히 생명에 관한 책들을 독파한 뒤에 읽은 책들을 사진 찍어 보내면서 "형, 이 책들을 다 봤어요. 재미있고 새로워요!"라고 말했다. 나는 그때 이 시인이 이쪽 세계에 입문한 것을 진심으로 반기고 환영하면서 말했다. "생명에 대한 사랑이나 생명 파괴를 일삼는 착취문명에 대한 분노가 없는 시들은 모조리 허튼소리들이야! 나는 그렇게 생각해!"라고 답신했다.

그리고 이 글을 시인에게 보내고 난 뒤에야 이번 시집에 담긴 몇 편 시들을 만날 수 있었는데, 시들은 경쾌하고 유머러스하면서도, 인간과 동물 사이의 심연을 언어로 메우려는 노력이 절실하게 느껴졌다. 지질 시대 초기부터 기후변화까지 뻗쳐 있는 공간적 상상력은 광대하고, 자연(동물)에 저질러온 인간의 흑역사에 대한 비판이나 야유는 통렬했다. 시편 전체에 깔려 있는 기조는 두말할 것 없이 '있는 그대로' 다른 생명체를 대해야 한다는 사랑의 마음이었다.

　참으로 고약한 시대에 발간된 이 특별한 《동물시편》이 인간이
저지른 죄악에 대한 겸손한 참회로 읽힐 수 있으면 좋겠다.

덧붙이는 글 _____

시인 최계선은 2021년 8월, 〈동물시편2-은둔자들〉, 〈동물시편3-열마리곰〉(도서
출판 강)을 연속해서 펴낼 거라고 한다. 이 글은 〈동물시편3-열마리곰〉에 '생태환
경 길앞잡이 글'로 사용하겠다고 했다.

동물을 사람의 생각만으로
오해하지 말자

강무홍 지음, 오승민 그림,《새끼 표범》,
웅진주니어,
2012년(2017년 한울림어린이에서 재출간)

내가 이 아름답지만 슬프기 짝이 없는 그림 동화책 《새끼 표범》
을 만날 즈음이었던 2017년 동물과 관련된 의미 있는 일이 일어
났으니, 서울대공원의 남방큰돌고래 한 마리를 본래 살던 바다
로 되돌려 보내기로 결정한 일이었다. 이번에 돌고래를 돌려보
낼 수 있었던 배경에는 그 돌고래를 1997~1998년 불법으로 포
획한 사실이 밝혀졌기 때문이다. 이 대목에서 우리는 합법적인
포획과 불법 포획에 대해 새삼 생각해보게 된다. 돌고래를 합법
적으로 잡든 불법적으로 잡든, 그 합법과 불법의 기준은 돌고래
의 의견을 들어보고 정한 것일까? 우리 인간들이 멋대로 정한 합
법성, 불법성이 아니겠는가.

　사람들은 돌고래 쇼를 보면서 지능이 높은 돌고래가 멋지게
재롱을 떤다고 말하고 그렇게 느끼지만, 동물학자들의 말을 들어
보면 쇼를 하는 돌고래들은 엄청난 스트레스를 받아 수명대로 살
지 못한다고 한다. 특히 구경꾼들 중 어린이들이 지르는 환호작
약하는 소리에 돌고래들은 가장 큰 스트레스를 받는다고 한다.

사람의 입장에서 재롱이지만 돌고래의 입장에서는 견디기 힘든 고역이라는 것을 알 수 있다.

이 동화책은 돌고래에 대한 이야기가 아니라 새끼 표범에 관한 것이다.

이야기는 간단하다. 깊은 산에서 어미 표범과 잘 놀고, 자유롭게 잘살던 한 새끼 표범이 어느 날, 사냥꾼들이 걸어놓은 토끼 고기 미끼에 속아 함정에 빠진다. 사냥꾼들에게 사로잡혀 산에서 내려올 때, 새끼 표범은 피맺힌 어미 표범의 울음소리를 듣는다. 새끼 표범이 잡혀온 곳이 바로 창경원(昌慶苑) 표범 우리였다.

창경원은 본래 창경궁(昌慶宮)으로서 조선 시대 임금이 살던 집이었다. 그런데 일제는 1909년부터 '궁' 자를 빼고, 창경'원'이라며 그 터의 격을 일부러 낮추어 불렀다. 왕이 살던 집을 동물원으로 용도 변경을 하자 조선 사람들은 매우 자존심이 상했다. 그게 바로 일본인들이 원했던 일이었다. 그 일만으로도 우리는 다시 깨닫게 된다. 누구에게든 다시는 나라를 빼앗겨서는 안 된다는 것을.

일본제국주의자들이야 남의 나라를 무력으로 강제 합병했으니 그랬다손 처도, 문제는 해방 이후 우리 정부의 태도였다. 해방이 되고도 창경원의 동물원과 식물원은 그대로 있었다. 해방이 되고도 수십 년이 흐른 뒤인 1983년에야 동물원과 식물원을 없애고, 오늘날처럼 다시 왕궁의 옛 모습을 복원했다. 1969년 필자가 까까머리 중학교 2학년 학생으로서 처음 창경원 동물원에 갔을 때에도 어른들은 아무렇지도 않은 얼굴로 '창경원'이라 불렀다. 그때 그곳에서 나는 처음으로 기린과 타조를 봤고, 코끼리와 공작새를 봤고, 원숭이가 노는 것을 보면서 즐거워했다.

다시 새끼 표범 이야기로 돌아가 보자.

절망에 빠진 새끼 표범은 아무것도 먹지 않은 채 오로지 산에서 자신을 애타게 기다릴 엄마 표범만 생각하며 웅크리고 있었다. 그런데 표범을 돌보는 사육사가 다행히 마음씨 착한 사람이었다. 그의 따뜻한 눈빛에 힘을 얻은 새끼 표범은 음식을 먹고 힘을 내 살아남아야지만 언제일지 몰라도 엄마 표범이 기다릴 산으로 돌아갈 수 있을 것이라고 생각한다. 창경원에서의 새끼 표범은 그렇게 힘을 회복해간다. 그러나 패전이 확실시되자 일제는 창경원 동물들을 한 마리씩 한 마리씩 죽이기 시작한다. 굶주린 동물들이 우리를 뛰쳐나와 사람들을 해칠 것을 막는다는 명분에서였다. 잡아와서 우리에 넣고 괴롭힌 것도 인간이었고, 죄 없는 동물들을 잔인하게 죽인 것도 인간이었다. 약한 동물들은 강한 동물들의 먹이로 처분했고, 큰 동물들은 독살했다.

새끼 표범 역시 1945년 7월 25일, 독약이 든 음식에 의해 죽임을 당한다. 그러니 이 그림책에 나오는 새끼 표범의 이야기는 역사적 사실(《한국동물원 80년사》)을 근거로 작가와 화가가 만든 작품인 셈이다. 역사적인 사실을 토대로 정성껏 씌어지고 그려진 이 동화책은 인간과 동물이 어떤 관계를 맺고 살아야 할 것인가를 골똘히 생각하게 한다. 그리고 동물을 우리 인간의 마음을 기준으로 마구 오해해서는 안 된다는 것 또한 깨닫게 한다.

동물원의 동물들이 진심으로
바라는 것은 무엇일까

강정연 지음, 백대승 그림,《초록 눈 코끼리》,
푸른숲주니어,
2010년

이 흥미진진한 동화책을 보고 난 뒤, 나도 모르게 한 편의 영화
가 떠올랐다. 아마도 이 동화책의 주인공인 초록 눈 코끼리 범벅
이가 동물원에 살고 있었고, 조련사가 등장하기 때문이었나 보
다. 범벅이 때문에 떠오른 영화는 돌고래에 관한 〈더 코브 : 슬픈
돌고래의 진실(The Cove : The Truth of Sad Dolphins Mandy-La Creek
Shank)〉이라는 다큐멘터리로 2009년 세상에 발표되어 수많은 영
화제에서 여러 개의 큰 상을 받으면서 세상 사람에게 깊은 감동
을 준 작품이었다. 영화를 보고 난 관객들은 앉아 있던 자리에서
조용히 일어나 오래도록 기립 박수를 쳤다고 한다.

　　다큐멘터리의 주연은 리차드 오배리라는 사람이었는데, 1960년
대부터 활약하던 유명한 돌고래 조련사였다. 그가 돌고래 쇼를
진행하면 어린이는 물론 어른들까지 환호성을 지르면서 감탄하
곤 했다. 그러던 어느 날 조련사 리차드는 돌고래가 사람들의 환
호와 탄성, 그리고 거듭되는 고된 훈련을 매우 고통스러워하고
있음을 알게 된다. 사람들에게 즐거움을 주기 위해 돌고래가 죽

을 만큼 고통스러워하고 있음을 느끼게 된 것이다.

"이상한 취미를 갖고 있는 당신들의 즐거움을 위해 우리는 엄청난 스트레스를 받고 있어요. 박수 소리와 환호 소리에 신경이 예민하고 귀가 약한 우리는 머리가 쪼개질 것처럼 아파요."

어느 날 쇼가 끝난 뒤, 돌고래 한 마리가 조련사에게 고백했다.

그것은 마음에서 마음으로 전달되는 목소리였다. 돌고래의 고통을 알게 된 조련사는 그 목소리를 듣는 순간, 자신의 직업에 깊은 회의를 느끼고 곧바로 돌고래를 대양(大洋)에 풀어준다. 그러고는 조련사로서 얻은 부와 명예를 가볍게 버리고, 새끼 돌고래가 자유롭게 살아야 할 바다에서 더 이상 인간의 동물원이나 수족관에 잡혀오지 않도록 다양한 운동을 벌이기 시작한다. 그는 나머지 생애를 오로지 돌고래 보호를 위해 헌신한다. 이 다큐멘터리 또한 그런 노력의 일환으로 만들어졌다. 영화는 매년 일본의 한 해안을 지나가는 수천 마리 돌고래를 돌고래가 듣기 싫어하는 소리를 이용해 해안 가까이에 있는 함정에 몰아넣은 뒤, 어른 돌고래는 작살이나 몽둥이로 무자비하게 때려잡고, 값이 나가는 새끼 돌고래만 돌고래 쇼단에 팔아먹기 위해 생포하는 한 마을에 잠입해 그 살육의 현장을 찍은 것이다.

우리 작가가 쓴 이 동화책에는 피비린내가 나지 않아 다행스럽다. 세 살 난 코끼리 '범벅이'는 100년에 한 번씩 태어난다는 초록색 눈을 가진 코끼리다. 범벅이의 할머니 코끼리는 놀라운 사실을 알려준다. 초록 눈을 가지고 태어난 코끼리가 아프리카 초원의 길잡이 코끼리라는 사실이다. 자신이 살 곳은 동물원이 아니라 아프리카 초원이라는 계시를 받은 범벅이는 한 번도 가보지 못한 아프리카 초원을 향해 탈출을 결심한다. 그때 조련사가 꿈인 한 소년을 만나게 되어 범벅이는 자신이 왜 동물원을 탈출해서 아프리카에 가야 하는지 설명한다. 소년은 범벅이의 사명에 깊이 동감하고 범벅이의 탈출 작전을 돕는다. 대한민국 희망시의 한 동물원에서 머나먼 아프리카 초원까지 탈출하는 이 작전은 참으로 아슬아슬하고 위태롭기 짝이 없다. 그렇지만 소년의 도움을 받고 언론 보도를 잘 활용해 마침내 범벅이는 소방차가 보호하는 가운데 공항까지 힘차게 질주한다. 범벅이가 힘차게 공항으로 달려가고, 온 나라의 뉴스가 범벅이에게 집중될 때, 이 동화책을 읽는 독자들도 아주 통쾌한 감정에 휩싸이게 된다.

우리는 이 동화책을 통해 울타리에 갇혀 있는 동물원의 동물들이 아무리 편안해 보여도, 그들이 마음속 깊은 곳에서 간절히 바라는 것은 야생(고향)의 삶이라는 것을 알 수 있다. 이 동화책으로 인해 동물원의 동물들을 전과 다른 눈으로 보게 되고, 우리 곁에서 같이 살고 있는 동물들에 대한 애정이 지금보다 깊어진다면 참 좋겠다. 왜냐하면 동물이 자유롭게 살 수 있을 때, 우리 인간도 행복할 수 있기 때문이다.

그 많던 꿀벌은
어디로 갔을까?

한나 노드하우스, 《꿀벌을 지키는 사람》,
최선영 옮김, 더숲,
2011년

나이도 많지 않건만 나는 책을 읽는 내내 '꿀벌'과 '벌꿀'이 헷갈렸다. 꿀벌이라 해독하고 그렇게 말해야 할 때 입에서는 '벌꿀'이라는 말이 튀어나왔고, '꿀벌'이라 제대로 말해놓고선 의심스러워했다.

이것은 무슨 증상인가? 혹시 치매가 시작되는 것일까?

언젠가는 닥칠지도 모르겠지만, "아마도 아직 그건 아닐 거야"라고 중얼거리면서 혼자 고개를 저었다. 벌꿀이나 꿀벌은 분명 다른 개념인데도 나는 그 차이를 존중하지 않고 살아왔던 것이다. 벌 이야기가 내겐 곧 꿀 이야기이기도 했던 모양이다.

1992년, 아주 젊고 힘 좋았던 날, 나는 히말라야 안나푸르나 2봉 아래 갇힌 적이 있다. '몬순' 때문이었다. 우기인 줄 알고 입산했지만, 그때만 해도 히말라야 지역의 몬순이 그렇게 길고 무서운 줄 몰랐다. 우리나라에서 매년 겪던 장마 정도로 이해했던 게 만용의 토대였다. 비가 멈추지 않으니까 자꾸만 더 높은 산으로 올라갔는지도 모르겠다.

히말라야에는 여러 얼굴이 있다. 자갈사막도 있고, 초원도 있고, 설원(雪原)도 있고, 밀림도 있다. 안나푸르나 2봉 아래는 밀림지역이었다. 해발 6,000미터 시클리스라는 마을에서 걸어 하루 정도 걸리는 산막(山幕)까지가 사람이 갈 수 있는 종착지였다. 마을에서 농사짓고 사냥하는 샤먼이 지어놓은 산막에는 방이 없었다. 진흙 바닥 한가운데 화덕이 있었는데, 그것은 화덕이라기보다 수십 년간 바닥을 파서 불을 지펴왔기 때문에 '화덕'이라 말해야 하는 그런 모양새였다. 젖은 나뭇가지를 태우면 연기가 났고, 연기가 사그라들면 숯이 되어 잔잔한 열기를 냈다. 문도 벽도 없는 그곳 화덕, 불씨가 있는 곳이 곧 문명사회로 말할라치면 거실에 해당되는 공간이었다. 잠자리는 소를 치던 외양간에서 해결했다. 쇠똥 위에 매트리스를 깔고, 쇠똥물이 흐르는 속에서 한 달이상 머물렀다. 처음에는 쇠똥 냄새가 났지만, 나중에 그곳에서자는 사람이 냄새의 일부가 되니 더 이상 냄새 따위는 못 느끼게되었다. 비는 멈추지 않았고, 천둥 번개는 한번 쳤다 하면 몇 시간이고 계속되었다. 산막 바로 뒤에는 8,000미터가 넘는 안나푸르나 2봉의 설산이 거대한 신처럼 앉아 있었다. 그곳에서 비만 바라보고 앉아 있기 너무나 심심해서 어느 날 산막 주인과 같이 우리는 꿀을 따러 더 깊은 밀림으로 들어갔다. 산막 주인은 마을의샤먼이었고, 샤먼만이 '꿀 사냥(Honey Hunting)'을 할 수 있었던것이다.

실망: 다시는 넘어가지 않으리라!

《꿀벌을 지키는 사람》, 이 책은 한나 노드하우스라는 저명한 저널리스트가 5년간 양봉업자 존 밀러의 삶을 치밀하게 추적해 쓴 성실한 논픽션이다. 이 책에 미국의 언론들은 이런 찬사를 덧붙였다.

　《워싱턴 포스트》지는 "사라져가는 것을 지켜가는 한 사람의 삶과 노력의 산물에 대한 면밀한 관찰, 그리고 감동의 이야기"라고 했고, AP통신은 "처음부터 끝까지 모든 페이지에 마음을 빼앗기는 매혹적인 작품"이라고 했고, 《크리스천 사이언스 모니터》지는 "이 시대를 사는 모든 사람들이 반드시 읽어야 할 똑똑한 논픽션"이라 했고, 《퍼블리셔스 위클리》지는 "미래의 암울함을 보여주는 이야기임에도 주인공의 삶은 우리에게 생기를 불어넣어준다"고 했다. 그뿐 아니라, "과학적 교훈이자 우리의 눈을 뜨게 하는 경쾌하고도 놀라운 읽을거리"(《보스턴 글로브》), "살아 있는 이야기로 대성공을 이루어낸 한 편의 멋진 이야기. 수출과 같은 경제를 설명하면서 사랑과 꿀벌의 기적을 묘사한다. 꿀 같은 부드러움으로 시들어가는 벌 지킴이들의 세계를 다루고 있다"(《키커스 리뷰》), "폭넓은 깊이에 있어서 이 책은 정말 탁월하다. 무엇보다도 정교한 글쓰기가 놀랍다. 이 책은 꿀벌 세계의 다양하면서 우리와의 밀접한 부분에 대해 매우 흥미로운 시선으로 바라보고 있다. 읽으면 즐겁고 눈을 새롭게 뜨게 하는 책이다"(알터넷)라고 했다. 미국에서도 출판사가 베스트셀러 만들려고 사재기를 하고, 책이 나오면 서평 기자들을 위해 술좌석을 만들거나 촌지를 주는지 몰라도, 찬사들은 천편일률적이지만 후하다.

이 책을 펴낸 출판사와 아무 상관도 없는 내가 미국의 언론이 이 책에 처음 붙였던 주례사 찬사를 이렇게 지루할 정도로 소개하는 것은 책광고를 하기 위해서가 아니다. 그럴 리가 있겠는가. 이런 동어반복의, 아무도 귀기울여 듣지 않는 놀라운 찬사에도 불구하고 내게는 이상하게도 이 책이 매우 재미가 없었다는 말을 하기 위해서이다.

이 책을 다루어달라는 부탁을 처음 받았을 때, 내게는 다소 기이한 흥분이 일어났던 것 같다. 그게 무엇이었을까? 벌이 사라지고 있다. 벌이 사라지면 우리 인간 종도 위기에 처할 것이다. 그렇다면 이 책을 만남으로써 종말에 대한 나의 확신이 더욱 깊어지고 정교해질지도 모르겠다, 하는 '운동가로서의 과도한 관심' 말이다.

그런데 종말에 대한 확신이 깊어지면 그 깊어진 확신을 갖고 도대체 뭘 할 수 있을까?

이대로 가면 세상이 더 고약해질 것이라고 맨날 되풀이되는 이야기를 함으로써 대체 뭘 얻겠다는 수작일까? 나는 왜 이렇게 이처럼 어두운 주제에 환혹될까? 도대체 뭘 어쩌자는 이야기란 말인가! 습관이 된 우려가 나 자신이나 세상에 무슨 보탬이 된단 말일까?

그래서 비록 이 책의 주인공인 존 밀러라는 양봉가는 상당히 중구난방의 제멋대로인 인간이기 때문에 흥미가 있었지만, 책을 읽는 내내 나는 심기가 불편했다. 먼 나라의 벌을 지키는 이른바 한 '또라이'의 이야기가 내게 뜻밖의 자성(自省)을 촉구한 셈이다.

사랑: 황홀한 하지만 뜨거운 독침의 추억

그러다가, 나는 어느 순간부터 이 책이 사랑스러워지기 시작했다. 180쪽부터 '독침 고통 지수' 이야기가 나오면서 지루해하던 내 마음에 밝은 빛이 번지기 시작했다. 비록 책 자체야 큰 부피가 아니지만, 벌과 꿀에 관한 한 워낙 치밀하고 방대한 자료를 소개하는 책이었다. 거기다 5년여 세월에 걸친 작가의 생생한 체험이 수려하고 성실한 문체에 담겨 단지 현학을 뽐내는 자료 나열이나 벌꿀에 관한 박물지(博物誌)를 넘어서는 문학적 효과를 자아내고 있다. 그러니 양봉업자들이 일과처럼 쏘이는 벌침에 관한 이야기를 다루지 않았더라면 도리어 이상할 지경일 수도 있었다.

독침으로 유발되는 고통을 상대평가한 독침 고통 지수를 1984년 처음 고안해낸 이는 애리조나의 곤충학자인 저스틴 슈미트였다. 그는 아무런 감각도 느껴지지 않는 독침은 0점, 엄청난 고통을 수반하는 독침은 4점으로 책정했다. 독침에 쏘였을 때의 감각을 분류한 이 지수는 다음과 같은 식으로 표현되어 있다.

○○●

- 1.0 땀벌(Sweat Bee) : 가볍고 짧으며 강력하다. 작은 불꽃이 팔에 난 털 한 가닥을 태우는 듯하다.
- 1.2 애집개미(Fire Ant) : 날카롭고 갑작스러우며 약간 놀라운 정도.
- 1.8 불혼 아카시아 개미(Bulhorn Acacia Ant) : 경험하기 힘든 날카롭고 높은 고통. 누군가 볼에 스테이플러 침을 쏜 것 같다.
- 2.0 북아메리카 말벌(Bald-faced Hornet) : 풍부하고 강하면서 약간 아삭아삭한 느낌. 회전문에 머리가 끼여 으깨어지는 듯한 기분이다.
- 2.0 옐로재킷 벌(Yellow Jacket) : 뜨겁고 그을린 불쾌한 느낌이다. 미국의 코미디언 필즈가 당신 혀에 담배를 끈다고 상상해보라.
- 2.x 꿀벌과 유럽 호박벌(Honeybee and European Hornet) : 선명하고 사그라질 줄 모르는 고통. 살을 파고든 발톱을 빼내기 위해 누군가 드릴을 사용한다고 상상해보라.
- 3.0 종이말벌(Paper Wasp) : 통렬하고 타는 듯한 느낌과 확실하게 매서운 여운. 종이에 벤 상처에 비커에 든 염산을 쏟은 것과 같다.
- 4.0 타란튤라 호크(Tarantula Hawk) : 눈을 뜰 수 없을 정도로 강렬하고, 충격적으로 감전된 느낌. 거품 목욕을 하는 와중에 작동 중인 헤어드라이어가 목욕물에 빠진 것과 마찬가지다.
- 4.0+ 총알개미(Bullet Ant) : 순수하고 강렬하며 찬란한 고통. 마치 발뒤꿈치에 3인치짜리 녹슨 못이 박힌 채 불꽃이 타오르는 숯을 넘

어 불속을 걷는 것과 같다.(184쪽)

    이렇게 긴 분량을 내가 이토록 성실하게 인용하는 까닭은 히말라야 밀림에서 나 역시 머리에 벌침을 두세 방 쏘인 적이 있었기 때문이다. 두 방까지 쏘인 것은 기억하는데, 이후 몇 방을 더 물렸는지는 기억에 없다. 그 '깊고 심오한' 20여 년 전의 고통을 나는 표현할 방도를 찾지 못했다. 히말라야의 벌은 우리 산천의 말벌과 같은 크기였다. 훗날 듣기로 세계에서 가장 센 벌이라고 했다. 해발 5,000미터 언저리의 척박한 땅에 핀 야생화를 밀원(蜜源)으로 삼는 녀석들이니 크고 '스트롱'할 수밖에 없는 노릇이었다. 100여 미터 넘는 높이의 벼랑에 매달린 어린아이 몸통만 한 벌집을 벼랑 아래에서 젖은 쑥을 태운 연기로 쫓아내자 허공에 흩어진 공격조들 수만 마리가 벼랑 아래의 사람들에게 달려든 것이다. 연기가 멈추지 않자 벌집을 덮고 있던 벌들이 서서히 벗겨지고, 벗겨진 뒤에 나타나는 황금빛 밀랍의 광채는 말로 형언할 수 없이 아름다웠다. 그것은 한낮에도 어두컴컴한 밀림에서 마치 작은 태양이 갑자기 떠오른 것 같았다. 그 광경은 이 세상에 태어났기 때문에 목도할 수 있는 아름다운 광경들의 극치였다. 나는 자연에서 그보다 더 아름다운 광경을 본 적이 없었다. 오죽하면 몬순 때 히말라야 오지만 돌아다니며 허니 헌팅 사진만 찍은 친구들이 그 사진집으로 퓰리처상을 거머쥐었을까.

　　놀라움과 환희에 찬 얼굴로 벼랑의 황금빛 밀랍을 넋을 놓고 쳐다보다가 공교롭게도 동료들 넷 중 나만 벌침에 쏘였다. 쏘이기 직전의 기억을 더듬어보니, 무서운 속도로 하늘 높은 곳에서 검은 화살촉이 날아오는 것 같았다. 그것도 연속해서 몇 방을 머리에 물렸다. 나는 태어나서 질러본 가장 날카로운 비명과 함께 하나밖에 없는 머리통을 부여안고 벼랑 아래 개울가 바위틈으로 몸을 숨기려고 데굴데굴 구르며 고통에 울부짖었다.

　　벌침은 쏘여보지 않은 이들에게는 설명이 불가능하다 그런데 이 책에서 그 고통을 표현하고 있었다.

　　내가 쏘인 벌침의 고통 지수는 아마 3.5나 4.0 언저리는 좋이 될 것이다. 뼈를 깎는 고통, 이따위 말은 함부로 뱉거나 글로 써서는 안 된다. 그 고통은 뜨겁고 강렬하면서 순수하고, 가차없는 고통이었다. 그 고통의 뿌리는 심연에 닿아 있는 것 같았다. 몸을 가지고 있기 때문에 느껴야 하는 고통의 강도가 이토록 깊을 수도 있구나. 나중에 내가 겨우 설명한 이런 말로는 도무지 성이 차지 않는 고통이었다. 언어는 사람이 경험한 것을 충분히 표현해낼 수 있는 썩 좋은 도구가 아니다. 그런 점에서 독침에 쏘인 고통을 연구한 이 곤충학자는 실로 위대한 인간이라고 말해도 된다. 그가 연구한 대상은 곤충이었는데 인간의 고통까지 덩달아 연구한 셈이 되었으니 말이다.

　　그런 고통에도 불구하고 나는 죽지 않았다. 죽지 않았으면 그런 극심한 충격의 대가로 머리라도 좋아져야 했을 텐데, 그런 변

118

화도 일어나지 않았다. 다만, 벌침에 쏘인 뒤에 소득이 있다면, 더 이상 벌을 두려워하지 않게 된 점이다. 수년 전 마당의 정자 안지붕에 매달린 커다란 조선백자만 한 말벌집을 겁 없이 달려들어 쉽게 딴 것도 내게는 독침에 대한 면역이 있을지 모른다는 자만심 때문이었는지도 모른다.

긴장: 사라진 벌들

이 책이 다루고 있는 이주 양봉업자 존 밀러는 앞서도 말했듯이 '또라이'에 시골 날건달이었다. 대학에도 갔지만 재미가 없어 얼른 때려치웠다. 젊은 날 사고를 쳐서 백인이지만 감방에 간 적도 있었다. 그가 제일 좋아하는 장소는 사람들이 살다가 버린 광야다. 꽃이 있는 초원이다. 그는 비록 수다쟁이고, 까놓고 말하는 사람이고, 들판에서 6개월이나 혼자 보낼 수 있는 겁이 없는 고독한 친구지만, 사람보다 꽃을 더 좋아한다. 그가 키우는 몇만 마리 벌이 그런 곳을 좋아하기 때문이다. 그가 좋아하는 것이 꽃인지 벌인지 나중에는 스스로도 헷갈려한다. 아마도 벌일 것이다. 그의 아버지도 양봉가였고, 할아버지와 그의 아버지인 증조부도 양봉가였다. 4대째 양봉업 가문이지만, 밀러의 자식들은 양봉가가 되려고 하지 않는다.

○○● 모든 것이 암울하기만 합니다. 경제는 형편없고, 물류는 골치 아픈 문제이며, 벌들이 사라지는 전염병이 돌고 있지요. 일반적으로 볼 때, 양봉업자들은 불행한 사람들이지요. 우리는 아주 연약하고 변덕스러운 자연에 의지할 수밖에 없습니다. (…) 모두 양봉업에서 벗어나 회계사나 변호사, 벌꿀 포장업자가 되었지요. 나는 왜 여기서 벗어나지 않느냐고요? 벌을 사랑하기 때문입니다. 벌들은 근면하고 말도 잘 듣습니다. 이기심도 없습니다. 아주 관대한 동물이지요. 나는 이 소명과도 같은 직업이 좋습니다.(79쪽)

실제 그는 매우 거친 사람이지만, 벌 이야기가 나오면 이렇게 착하게 말한다. 사람은 자신의 직업을 말할 때 착하게 말하지는 않는다. 사랑 때문에 사람은 착한 말을 하곤 한다.

이 책은 허약한 기록이긴 하지만, 아프리카에서 진화한 벌 이야기에서부터 이집트 파라오도 꿀을 먹었다는 사실로 보는 벌의 기원, 벌의 생태, 벌도둑놈들, 꿀도둑놈들, 벌과 얽힌 산업들 등등 벌과 같이 살아온 인류 역사를 꼼꼼하게 개괄하고 있다. 그리고 최근(2007년) 들어 대규모로 벌들이 사라진 '벌집 군집 붕괴 현상(Colony Collapse Disorder, 이하 CCD)'에 대해 자세히 설명하고 있다.

밀러는 벌을 돌보고 분봉(分蜂)을 하고 지키는 사람이지만, 또한 벌을 잃는 일에도 익숙한 사람이다. 사실 양봉업자들은 누구나 겪는 일이지만 수천 마리의 벌들이 늘 자연스럽게 죽는다. 세상이 충격에 빠진 것은 밀러 같은 양봉업자들의 보고서 때문이다. 밀러의 경우 보통 때보다 더 많은 벌들을 잃기 시작한 것이 2005년 2월부터였다. 단 몇 주 만에 밀러는 4,000개나 되는 벌통을 잃었다. 이는 밀러가 돌보는 약 1억 5,000만 마리에 해당되는 전체 벌의 50퍼센트에 달하는 수치였다. 그런데 밀러만 그런 일을 당한 것이 아니었다. 어떤 이는 전체 벌통 중 60퍼센트를 잃기도 했다.

"벌들이 완전히 사라진 것이다."

이 상황에서 양봉가들이 할 수 있는 일은 아무것도 없었다. 그저 손을 들어 항복하고 또 다른 대출을 받은 후 다시 시작하는 것뿐이었다. 그렇게 벌들은 2006년과 2007년 말, 그리고 2008년 겨울에 사라졌다.

원인을 알 수 없는 이 현상에 대해 학계는 일단 CCD라는 이름을 붙였지만, 대처 방법을 내놓지는 못하고 있다. 현재 미국 36개 주에서 벌집 군집 중 3분의 1 이상이 사라졌고 이러한 현상은 유럽 일부 지역과 인도, 브라질에서도 발견되었다.

우리나라에서 2010년 토종벌의 90퍼센트 이상이 폐사됐다. 머지않는 미래에 국내 토종벌이 멸종할지 모른다는 이야기도 심심찮게 들려온다.

주중에는 시골에서 살기 시작한 것이 벌써 7년째이다. 서서히 벌이 안 보이기 시작하더니, 실제 2011년부터는 벌이 보이지 않는다. 다행히 아직 꽃은 피건만, 벌이 보이지 않는다.

벌들은 어디로 갔을까?

왜 사라진 것일까?

이 책은 과학책이라기보다 문학성이 짙은 훌륭한 르포집이지만, 성실하게 CCD의 원인을 추적하기 위해 안간힘을 쓰고 있다. 작가는 많은 페이지를 할애해 병충해에 대해 다루고 있다. 1620년대부터 벌을 집단 폐사시키던 바로아응애라는 벌레 이야기에서부터 박테리아성 전염병인 부저병 이야기, '벌들의 늑대'라 불리는 벌집나방 이야기, 그리고 1800년대에 창궐했던 설사병 노제마병도 설명하고 있다. 벌들의 역사에서 기이한 질병으로 봉군(蜂群)이 붕괴되는 현상은 드문 일이 아니었다. 기문응애와 바로아응애, 적색 불개미, 백묵병, 벌집딱정벌레, 미친 라즈베리 개미, 카슈미르 벌 바이러스, 이스라엘 급성 마비 바이러스, 검은여왕벌 바이러스, 날개 기형 바이러스, 카쿠고 바이러스 등 이 책에 등장하는 벌들에겐 끝없이 적들이 나타난다. 그러나 봉군이 여러 가지 질병에 시달렸다가 다시 회복하곤 했던 것은 자연 상태에서의 일이었다.

중요한 것은 바로 이 대목, 즉 CCD의 원인에 관한 갖가지 무성한 이론들의 흥망성쇠에서 우리가 배울 것이 있다는 점이다.

처음에 CCD의 가장 유력한 용의자는 17세기부터 벌과 같이 자연계에 존재했던 응애였다. 그러나 응애가 나타나지 않은 지역에서도 벌이 사라진 것을 설명할 재간이 없으니 응애설은 쇠퇴했다. 휴대전화에서 방출한 전자기파가 벌의 더듬이나 뇌에 미세한 영향을 미쳐 사라졌다는 휴대전화기설도 대두했다. 이 이론은 독일에서 출현했는데 실험도 했지만 그렇다고 단정하기에는 비약이 심하다는 이유로 폐기되었다. 그보다는 과도한 제초제와 살충제가 원인이라는 설이 유력해졌다. 특히 유전자조작식품이 끼친 영향이 일정 정도 CCD의 유력한 원인으로 부각되었다. 옥수수는 바람으로 가루받이를 하는 식물인지라 곤충이 필요 없고, 꽃꿀을 만들지 않지만, 옥수수 꼭대기의 옥수수 수염에는 단백질이 풍부한 꽃가루가 묻어 있어 벌이 신나게 달려든다. 지금 우리 시대의 옥수수는 모두 유전자조작 옥수수이므로, 옥수수 수염으로 인해 벌들의 유전 체계가 교란되었다는 설이다. 그러나 옥수수가 없는 지역에서도 CCD가 발생함으로써 이 설 역시 퇴장했다. 지구온난화로 인한 오존층 파괴설은 2007년 전체 벌의 절반을 잃은 우루과이에서 비롯되었다. 우루과이 상공의 조그맣게 뚫린 오존층 구멍과 관련이 있다는 이야기인데, 오존층에 구멍이 나면 벌뿐 아니라 사람도 일사병에 걸려 다 죽어야 하지 않겠는가, 하는 반론에 의해 잠재워졌다(CCD의 원인에 대해서는 이 책과 비슷한 시기에 출간된 로완 제이콥슨, 《꿀벌 없는 세상, 결실 없는 가을》, 노태복 옮김, 2009년, 에코리브르)에서도 자세히 다루고 있다.

바이러스? 기생충? 살충제? 과학계는 여러 설을 모두 다뤄보다가 현재 두 손을 놓은 상태이다. 이럴 때 언제나 출현하는 철부지들의 외계인 개입설은 곧바로 호시탐탐 고개를 쳐드는 지구종말론으로 이어진다.

　여하튼, 현재 인류는 벌의 죽음이라기보다 시체를 남기지 않은 대규모 벌의 실종에 대해 해명 불능 상태에 있다. 독침을 가진 이 보잘것없는 자그마한 곤충이 시방 이 행성의 주인인 양 뻐기는 잘난 인류에 불길한 긴장감을 촉구하고 있는 것이다.

파국: 사라지는 것들의 끝없는 목록

잘라 말할 수는 없지만, 최근 전 세계에서 대규모로 벌들이 사라지기 시작한 것은 아무래도 인간이 자연에 과도하게 개입한 결과, 다시 말해 자연에 대한 인간의 공격적 권력 행사와 무관하지 않다고 봐야 할 것이다(이 책이 발간될 때에는 '인류세(人類世)'라는 말이 없었다).

　꽃이 오염되었으니 어찌 벌이 사라지지 않을쏜가.

　작가 노드하우스는 이렇게 말한다.

○○● CCD는 벌에게 악영향을 미쳤지만, 벌의 이미지에는 좋은 영향을 미쳤다. 꿀벌은 다른 곤충에 비해 늘 장점을 가지고 있었다. 솜털이 보송보송하고, 줄무늬가 있으며, 아기에게 꿀벌 모양 옷을 입히면 매우 귀엽다. 게다가 벌꿀도 만들어낸다. 이제, CCD 이후 벌들은 비극적 카리스마를 가졌다는 멋도 지니게 되었다. 꿀벌은 판다

와 북극곰, 그리고 여타의 위기에 처한 야생동물들처럼 우리의 심금을 울리고 있다. 우리가 꿀벌에 대해 갖는 동정심은 그것이 곤충에 불과하다는 것을 고려할 때 더욱더 놀라운 일이다. (벌은) 독침을 쏘고 윙윙 소리를 내며 예측이 불가능하고 발로 밟으면 으스러진다.(230쪽)

어떤 장에서는 이렇게 말하고 있지만, 나는 이 책을 쓴 노드하우스가 벌과 판다와 북극곰에만 몰두하지 않고, 살충제로 인해 사라지는 개구리, 역시 원인 모르게 소리소문 없이 멸종해가고 있는 박쥐에 대해서도 벌에 표하는 것과 똑같은 연민을 지닌 사람이라는 것을 확인하면서 마치 친구와 같은 신뢰감을 느끼게 된다.

벌꿀인가? 꿀벌인가?

이 책을 손에 들고 처음에 나는 왜 헷갈렸을까?

벌이 꿀을 산출하지 않아도 인류가 CCD 이후, 이토록 열광을 했을까?

벌이 가루받이를 해 아몬드 농장을 부유하게 하지 않아도 언론이 이렇게 열광했을까? 다시 말해 벌이 농업경제와 무관하다고 해도 CCD에 대해 이 정도로 깊은 관심을 기울였을까.

사람들은 개구리가 사라지고 박쥐가 사라지는 데에는 관심이 없다. 학자들도 달려들지 않는다. 그것들은 인간에게 꿀을 제공하거나 작물의 가루받이를 수행하지 않기 때문이다. 벌에게 협동심과 이타심을 배워야 한다는 인류는 오늘도 생태계 안에서 여전히 오롯이 이기적이다. 꿀벌의 불가사의한 대규모 실종은 이제 이미 시작되어 가속이 붙은 생태계 교란과 그 이후에 벌어질 파멸적 징후들의 강력한 은유가 되었다.

앞서 말했지만, 인간의 삶은 꿀을 제공하는 벌을 비롯한 여러 곤충들의 수분(受粉) 능력에 대단히 의존적이다. 그렇지만 아무것도 인간에게 제공하는 것 같지 않아 보이는 것들의 멸종에도 절박한 관심을 가질 때 인류는 어쩌면 이 위기를 바로 보게 되고, 바로 보았을 때 어쩌면 작은 해법의 실마리를 찾게 될 것이다. 쓸쓸하고 슬픈 노릇이지만, 우리나라가 자연의 역습에 대처하는 방식을 생각하노라면, 인간에게는 희망이 없다고 단언해도 될 테지만……

"쑥부쟁이 따위는 4대강 건설 이후에 또 생긴다니깐요."

"가리왕산에 활강장 안 지으면 지을 데가 없다니깐요."

조종(弔鐘)은 언제 울려야 하는가

온몸으로 삶을 실험했던
고결한 영혼, 스코트 니어링

존 살트마쉬, 《스코트 니어링 평전》,
김종락 옮김, 보리,
2004년

대학 때의 선생님 한 분을 만났다. 정년퇴직한 뒤 지금은 경북
어느 시골에 살고 계시는 그분은 4·19세대였다. 4·19 때에는
그가 다닌 대학에서 주요 인물이었다는 게 그분의 자존심이었
다. 대학을 졸업한 후에도 어느 시기까지는 가끔 뵙곤 했다. 이
분은 대학교수로 재직하는 동안 세 번 퇴직당했다가 세 번 복직
한 분이다. 민주화 투사는 아니었으니 아마도 학내 문제로 퇴직
당하고, 오랜 기간 싸워 다시 복직하곤 했던 것으로 알고 있다.
학내 문제라면 무엇이었을까? 틀림없이 대학을 움직이는 세력
들과의 불화였을 것이다. 어느 날 상경하셨다는 연락을 받고 뵈
었는데, 무슨 대화 끝에 스코트 니어링 이야기가 나왔다.

　"스코트 니어링에 비하면 나는 쓰레기지."

　선생님이 말씀하셨다. 쓸쓸하지만, 단호한 얼굴이었다.

　나는 스코트 니어링을 떠올리면, 늘 그 선생님이 생각나곤 한
다. 스코트 니어링의 무엇이 정년퇴임한 4·19세대 전직 교수로
하여금 자신을 '쓰레기'로 간주하게 만들었을까.

스코트 니어링을 우리나라에 처음 소개한 매체는《녹색평론》
이었으나 니어링 부부의 책들을 연쇄적으로 출판해 붐을 일으킨
곳은 '보리'라는 출판사로 알고 있다. 보리에서 처음 펴낸 책은 헬
렌 니어링의《아름다운 삶, 사랑 그리고 마무리》(이석태 옮김, 1997
년)였다. 이후《조화로운 삶》(류시화 옮김, 2000년)이 출간되었고,
같은 해 한 달 뒤에는 실천문학사의 '역사인물찾기' 시리즈로《스
콧 니어링 자서전》(김라합 옮김)이 출간되었다. 이후 보리는 몇 권
의 책을 더 냈고, 그들 부부의 글이라면 어떤 책이든 널리 읽히자
다른 출판사들도 달려들어 다양한 책들을 펴냈다. 그즈음 어느
곳에 가도 니어링 부부의 책이 눈에 띄곤 했다. 채식 식당 같은 곳
은 물론이고, 심지어 설렁탕 집에서도 이들 부부의 책이 계산대
옆에 놓인 것을 본 기억이 있다. 얼마나 팔렸는지는 내가 관여할
일이 아니나, 1900년대 후반에서 2000년대 초반의 얼마 동안 참
으로 대단한 '니어링 열기'가 우리 독서 시장을 달구었다. 누군가
는 "세기말을 목전에 두고 현대 산업문명에 대한 회의에 빠진 도
시인들의 뭔가 새로운 삶에 대한 갈증으로 말미암아 스코트 니어
링 읽기 현상이 일어난 것으로 보인다"는 투로 분석하기도 했을
것이다. 그러나 그런 분석을 나는 믿지 않는다. 베스트셀러라는
게 예고된 수순에 의해 터지는 일이 아니고, 이 세계는 누군가의
의도에 의해 진행되고 있는 게 아니기 때문이다. 더욱이 니어링
부부의 책이 널리 읽혔다고 우리 사회가 쉽게 달라졌다고는 보지
않는다. 그것은《닥터 노먼 베쑨》을 읽고 의사들이 전장(戰場)으

로 달려가는 게 아닌 것과 마찬가지다. 소련 붕괴 이후 이 책을 읽고 적잖은 이들이 귀농을 했다는 소리도 들리긴 했지만, 사회나 개인이 변화되려면 여러 요인들이 함께 작용해야 가능할 것이다.

그즈음, 한 젊은(?) 언론인이 의문을 품었다. 우리는 스코트 니어링에 대해 정말 제대로 알고 있는 것일까? 그의 시골 생활을 혹시 이상화된 전원생활쯤으로 알고 있는 것은 아닐까? 그들은 왜 땅으로 돌아갈 수밖에 없었는가? 땅으로 돌아가기 전에 그가 겪었던 절망이 충분히 이해된 것일까? 이 책을 번역한 김종락 기자는 니어링 부부의 삶이 지나치게 신비화되어 있는 것은 아닐까, 하는 생각이 들기 시작했다. 마침 휴직 상태에 있던 기자는 야산에 나뒹구는 간벌 후의 낙엽송으로 자신의 밭 한 귀퉁이에 오두막을 지으면서 스코트 니어링 제대로 알기 작업에 뛰어든다. 그가 할 수 있는 일이 곧 번역 작업이었다. 《스코트 니어링 평전》 한국어판은 그런 배경 아래 세상에 탄생했다.

그런데, '니어링'이란 이름만 들어가도 불티나게 책이 팔리던 시절이었지만, 한국의 어느 출판사도 《스코트 니어링 평전》은 거들떠보지 않았다. 김종락 기자가 출판사에 제안했다.

"이 책은 필경 잘 팔리지 않을 겁니다. 그러나 당신들은 스코트 니어링 부부의 이야기로 큰돈을 벌었으니 스코트 니어링에 관한 책들 중 상당한 권위를 인정받은 이 평전을 펴냄으로써 어쩌면 우리 사회에서 우연히 얻게 된 것(수입)에 대한 작은 보답을 해야 하지 않겠습니까?"

보리출판사 역시 이 나라 독자들은 정작 스코트 니어링의 생애 전반에 대한 객관적 평가나 기록에 대해 관심이 없다는 것을 잘 알고 있으면서도 흔쾌히 출간을 결심했다. 서글프게도 역자나 출판사의 추측은 맞아떨어졌다. 우연히 역자에게 들은 바로는 발간 후 7년이 지난 2011년 6월까지도 초판 3,000부 중 2,900부를 겨우 판매했다고 한다.

'스코트 니어링 현상'은 정작 인간 스코트 니어링에 대한 관심과 관계가 없는 일이었다는 게 증명된 셈이다. 베스트셀러 현상에 의미가 있다고 믿으면 늘 당혹스러운 일을 만난다.

스코트 니어링은 순탄한 생애를 보낸 사람이 아니었다. 그가 평생 주장했던 '조화로운 삶'은 그의 삶에서 완결될 수 있는 일이 아니라 추구해야 할 목표였을 뿐이다. 1883년에 태어나 책 읽고 글쓰는 지식인으로서는 참으로 드물게, 그는 지상에 100년이나 머물렀다. 그의 삶은 곧 19세기 말과 20세기 후반을 관통했던 짧지 않은 대격변의 세기였다. 봉건왕조가 무너졌고, 새로운 이데올로기가 세상을 달구었고, 무서운 전쟁과 식민지와 피식민지 간의 불화와 갈등, 어떤 명분으로도 정당화될 수 없는 인간 종끼리의 끝없는 학살, 물질 만능에 도취해 끝없이 자행한 자연 착취, 성장이라는 덫에 걸려 집단적인 타락에 빠진 인류의 삶 등이 스코트 니어링을 끝없이 번민하게 했다. 그는 그런 문제에 언제나 정면으로 대응했다.

그는 부유한 특권층 가문에서 태어나 최고의 교육을 받았고, 교육받은 자의 마땅한 사명감으로 이 세계를 지금보다 조금 더 나은 곳으로 이행시키기 위해 투신했다. 흔히 그를 설명하는 사회과학자니, 귀농한 생태주의자니 사회주의자니 하는 말로는 어딘가 불충분하다. 그를 가장 잘 표현하는 말은 근본주의자(radicalist)가 아니겠는가 하는 번역가 이수영의 견해도 있는데, 근본주의자는 어떤 사람일까? 요즘 말로, '까칠한 사람' 아니겠는가. 실제로 그는 까칠했다. 지금 우리 대학처럼 그의 시대 미국의 대학도 부패했다. 그는 학문의 자유를 위해 대학 당국과 치열하게 싸웠다. 미국에 대학이 생기고 학문의 자유를 주장하다가 최초로 쫓겨난 이가 바로 스코트 니어링이었다. 그의 주장을 지지한 미국대학교수협회 회장은 유명한 교육학자 존 듀이였고, 수천 명의 교수들이 그의 편을 들었다.

2011년 작고한 김준엽 선생은 교육자로서나 한 인간으로서 생애 가장 큰 선물은 군부독재 정권에 의해 사직을 강요받을 때 졸업식장에서 제자들 수백 명이 '총장님을 위해 데모를 벌였던 사건'이었다고 말할 때였다고 술회하셨다. 스코트 니어링 역시 그런 선물을 받았다. 불의에 저항하지 않는 교수들을 그는 '상인들의 노예와 머슴'이라고 불렀다. 그는 자주 불화했고, 떠났다. 대학을 떠났고, 땅으로 돌아간 뒤 20년 동안 생활했던 버몬트도 "안주하면 후퇴한다"는 이유로 가차없이 떠났다. 떠나면서도 한

국전쟁 특수 때문에 오른 땅값을 거절하고 마을에 기증했다. 땅을 갖고 돈을 만들다니, 스코트 니어링으로서는 용납되지 않는 일이었다. 미국이 히로시마에 원폭을 투하하자 그는 "이것은 나의 정부가 아니다"라고 트루먼 정부를 비난하며 정부조차 버렸다. 버트런드 러셀과는 소비에트 공산주의 때문에 토론을 했고, 불화했다. 러셀은 그를 '마르크스주의자'라고 단언했다. 그는 학살로 점철된 소련의 사회주의는 실패했지만 "사회주의 실험은 소련에서만 가능한 것이 아니다"라며 '개혁 사회주의'를 주장했다. 세속에 깊이 빠져들면서 세상을 망치는 분야에서 맹렬하게 출세가도를 달리는 아들 존과는 아예 부자(父子)의 연을 끊었다.

사람들은 그를 제대로 이해하지 못했다. 한국의 독자들처럼 그의 껍데기만 보고 마치 "대항문화의 멘토가 여기 있다"는 식으로 성급한 위로를 찾곤 했는데, 그 가짜 위로는 정작 스코트 니어링의 삶이나 인간 됨됨이와는 거리가 먼 내용들이기 일쑤였다.

그를 어떻게 형용하든 확실한 것은 그가 '자유의지 원칙의 선봉자' 혹은 자급자족 실험자였다는 사실이다. 그는 권력에 휘둘리지 않는 인간의 자유와 자본에 굴종하지 않는 자립을 추구했다. 그는 인간의 존엄성을 지키려 애쓴 자유인이었으며, 무엇보다도 정직한 실천가였다. 메인으로 옮긴 뒤, 그는 죽을 때까지 10년간 매일같이 장작을 팼으며, 100미터 떨어진 샘물에서 등짐으로 물을 길어 먹었다. 그는 획득, 경쟁, 부, 쾌락을 추구하는 길은 갈 길이 아니라고 생각했다. 그는 사람이 마땅히 걸어가야 갈

'앞'만 보고 뚜벅뚜벅 걸었던 실존적 인간이었다.

　이 책은 저자 존 살트마쉬가 대학원 시절 스코트 니어링을 찾
아간 이래 1995년 헬렌 니어링이 교통사고로 세상을 떠나기 전까
지 생전의 스코트 니어링과 나눈 대화와 증언을 토대로 집필한 치
밀하고 냉철한 기록이다. 한 문제적 인물에 대해 당의정을 입히
기보다는 그가 한 행동과 그가 한 말만을 토대로 집필한, 믿을 만
한 기록이다. 유행으로서의 니어링 현상은 이제 지나갔으므로,
이 '아까운 책'이 새로이 발견되어 한 거인에 대한 온당한 이해가
깊어지면 좋겠다. 아흔아홉 살 되던 해, 죽기 얼마 전에 스코트 니
어링이 헬렌에게 말했다. "대중을 움직이기 위해 한 세기 내내 뭔
가 하려 했으나 그 노력은 외형상 거의 성공하지 못했다"고. 그러
나 이 평전을 쓴 존 살트마쉬의 말처럼 그는 "삶은 획득이나 축적
보다는 꿈과 노력으로 풍요로워진다는 것을 알고 있었다".

　당대의 세속적 성공에만 집착하는 얼치기들은 값싼 성공보다
위대한 실패가 더 아름답고 인간적이라는 것을 인정하기가 아마
도 힘들 것이다. 나는 그가 자신의 삶이 실패했다고 여기는 바로
그 지점에서 '참다운 거인'을 느낀다. 내 젊은 날의 은사는 스코트
니어링의 "비딱하고 까칠한 삶"에 견주면 자신의 삶은 쓰레기라
고 단정하셨으므로, 크게 잘못 산 분은 아니라고 말해도 될 것만
같다.

나는 삶이 아닌 삶을 살고 싶지 않았다

헨리 데이비드 소로우의 모든 글과 '그에 관한 책들'

《숲속의 생활》,
양병탁 옮김, 서문당,
1996년

《소로우의 노래》,
강은교 옮김, 이레,
1999년

《주석 달린 월든》,
강주헌 옮김, 현대문학,
2011년

《시민의 반항》,
황문수 옮김, 범우사,
1978년

《소로우의 강》,
윤규상 옮김, 갈라파고스,
2012년

지금부터 40여 년 전, 내 20대, 그때에도 나는 청바지를 즐겨 입
었다. 강의실보다는 학교 앞 술집에서 더 많은 시간을 죽이곤 했
던 내 청바지 뒷주머니에는 문고가 한 권 꽂혀 있곤 했다. 책의
세로 길이가 가로 길이와 큰 차이가 없어서 거의 정사각형에 가
까운 '삼중당문고'와 달리 판형의 세로 길이가 길어 한 손으로
감아쥐기 좋았던 책이다. 부엉이 한 마리가 책등 아래에 박혀 있
는 붉은빛 도는 '박영문고'였을까. '을유문고'는 확실히 아니었
으니 어쩌면 '서문문고'였을지도 모른다. 그때 출판인들은 아직
인간미가 많이 남아 있어서 출판사가 커지면 반드시 값싼 문고
본 양서들을 찍어 내놓았다. 지금 출판인들은 그때 출판인들에
비하면 타락했다. 다른 품목도 아닌 '책'을 팔면서 독자들을 위
하는 마음은 눈곱만큼도 없는 것 같고, 계속 돈을 더 벌 생각만
하는 듯하다.

　내 청바지 뒷주머니에 꽂혀 있던 그 책은 소로우의《숲속의 생
활》이었다.

138

당시에는 같이 술집에 있었고, 지금은 이 세상에서 먼저 사라져버린 한 친구가 낮술에 취한 게슴츠레한 얼굴로 내 뒷주머니에 꽂혀 있는 책에 관심을 표하면서, "뭔 책이냐?"고 물었다

"헨리 데이비드 소로우라는 정신 나간 사람이 쓴 숲속 이야기야."

"나무꾼인가?"

"아니, 그는 사상가야."

"재미있어?"

"응, (왠지) 언젠가는 나도 이 사람처럼 살게 될 거 같아."

"그래? 기다릴 것 없이 지금부터 그렇게 살지그래?"

"아냐, 아직은 술을 좀 더 퍼마셔야 돼!"

40여 년 전, 구제불능의 문학도들은 대낮부터 카바이드가 섞인 싸구려 막걸리에 '짠지' 한 접시를 나무 탁자 위에 올려놓고 앉아서 유치한 말장난으로 자신이 재치 있게 말하는 사람인 줄 서로 착각했던 것 같다.

아아, 그런데 말이란 얼마나 무서운가. 말에는 정말 혼[言靈]이 있는 것일까. 소로우를 처음 만난 이래 45년여 세월이 흘렀건만 나는 여전히 그로부터 한순간도 못 헤어나고 있으니까. 소로우처럼 살고 있지는 못하지만 나는 여전히 그의 삶을 의식하면서 살고 있으니, 말이란 참 함부로 뱉을 일이 아니다.

소로우는 지구를 시(詩)로 생각했다. 시인 강은교가 번역한《소로우의 노래》에는 그 대목이 이렇게 표현되어 있다.

○○● 지구는 지리학자나 골동품 수집가가 연구하는, 책장처럼 층층이 쌓여 있는 죽은 역사의 파편이 아니라, 꽃이나 열매에 앞서 싱싱하게 일어나는 나뭇잎처럼 살아 있는 시(詩)이다.(이레, 62쪽)

그렇다, 강은교가 공들여 번역한《소로우의 노래》가 바로 내 뒷주머니의《숲속의 생활》과 같은 책이었다. 그러니까《숲속의 생활》은《월든》의 축약판으로 이해하면 된다. 소로우가 호수가 있는 월든숲속에 들어간 것은 "삶을 의도적으로 살기 위해서"였다. 그것은 마치 소크라테스가 "음미(숙고)되지 않는 삶은 가치가 없다"라고 말했던 것과 같은 맥락으로 이해해도 될 것이다.

소로우의 육성으로 그가 월든숲으로 들어간 이야기를 들어보자.

○○● 나는 숲으로 갔다. 온전히 내 뜻에 따라 살고, 삶의 본질적인 면에 부딪치고 싶었기 때문이다. 삶에서 배워야만 하는 것을 내가 배울 수 있는지 확인해보고 싶은 마음도 있었다. 또 죽음을 맞게 됐을 때 지금껏 제대로 살지 않았다고 후회하고 싶지도 않았다. 나는 삶이 아닌 삶을 살고 싶지 않았다. 삶은 정말로 소중한 것이니까. 나는 불가피한 경우가 아니면 이런 목표를 단념하고 싶지 않다. 나는 깊이 있는 삶을 살며, 삶의 골수(骨髓)를 완전히 빨아먹고 싶었다. 삶이 아닌 것을 모조리 없애버리면서 스파르타 사람처럼.(《월든》, 현대문학, 142쪽)

숲은 소로우에게 무엇을 선물했을까? 요약한다면, 그것은 '야생의 가치'였다. 숲속 생활 2년의 기록인 《월든》에서든, 그가 여기저기에 남긴 자연사 에세이에서든 그는 끊임없이 야생의 가치를 역설한다. 그는 누구도 경작하지 않은 거친 빈 들판을 경작한 기름진 땅보다 더 귀하게 여겼고, 세상의 모든 땅이 인간을 위해 존재한다고 생각지 않았다. 놀고 있는 땅이라고 오해받는 늪지를 그는 사랑했고, 그곳의 생명 있는 모든 것들을 손님처럼, 보물처럼, 신처럼 대했다. 그는 야생을 플라톤이나 셰익스피어보다 더 가치 있다고 생각했다.

우리가 '광대하고, 야만적이며 울부짖는 (우리의) 어머니인 자연'의 젖줄을 너무나 일찍 떼고 인간과 인간의 상호작용인 문화 속으로 들어가 만난 것은 결국 무엇이었던가. 문화와 문명은 자연의 야생성 앞에서 얼마나 초라하고 왜소한 장난질인가. 그뿐인가. 이제는 얄팍한 인간의 이익 때문에, 그리고 채워질 수 없는 탐욕 때문에 '어머니 자연'을 죽이고 있지 않은가. 그것을 일찍이 확신하고 내다보았다는 점에서 소로우는 보상은커녕 존경도 한번 제대로 받지 못한 사상가였고, 200년 후를 내다본 예언자였다.

그러나 그가 끼친 영향은 20세기의 중심가치인 평화와 인권, 폭력에 대한 비폭력 저항, 모든 생명에 대한 사랑, 자연에 대한 존중심이라는, 아직 실현되지 않은 노력들의 근거가 되었다.

내가 낸 세금이 근거도 약하고 명분도 없는 멕시코전쟁에서

사용할 총알을 만들고 노예제도를 강화하는 데 사용되기를 거절
한다며 주민세를 내지 않고 있던 소로우는 어느 날 읍내 구둣방에
구두를 고치러 갔다가 세무쟁이한테 잡혀서 하룻밤 마을 유치장
에 갇힌다. 그 소식을 알게 된 고모(?)가 얼마 안 되는 벌금과 세
금을 대납하고 소로우를 끄집어내 주었는데, 소로우는 수년 후,
그때 딱 하룻밤의 유치장 경험을 토대로 한 편의 글을 세상에 내
놓았으니, 그것이 바로 저 유명한, 역사를 바꾼 책이라는 평가를
받고 있는《시민의 반항》이다.

정부는 아주 조금만 간섭하거나 아예 없는 게 더 낫다는 사상
은 노자(老子)의 "소방과민(小邦寡民: 나라는 작게 여기고, 백성은 적게
여긴다)"을 떠올리게 한다. 그리고 소로우는 국가든 이념이든 어
떤 명분으로도 전쟁을 반대한다는 이유로 길 가던 사람을 잡아서
유치장에 잡아 가둘 권리는 없다는 아나키적인 사상을 전개한다.
"시민의 비폭력 저항은 하늘이 내린 권리다, 국가가 저지르는 오
류를 애국심이라는 이름으로 묵살하고 포장해서는 안 된다", 얼
추 그런 내용이 그 짧은 에세이의 중심 기운을 형성한다.

○○● 정부는 내가 동의한 것 이외에는 나의 신체와 재산에 대해서 순
수한 권리를 가질 수 없다. 절대군주제로부터 입헌군주제로 그리고
입헌군주제로부터 민주주의로 발전하는 것은 개인을 진정으로 존중
하게 되는 발전이다. 중국의 철학자인 공자조차도 개인을 제국(帝
國)의 기본으로 볼 만큼 현명했다.(《시민의 반항》, 범우사, 54쪽)

이 짧은 글은 후일 영국으로부터의 인도 독립을 위해 간디가 채택한 비폭력운동의 사상적 근거가 되었고, 영국 노동당 창시자들의 이념적 초석이 되었고, 훨씬 나중에는 마틴 루터 킹의 민권운동, 인종주의 극복운동의 교과서가 되었다. 그뿐인가, 19세기 말 콩코드 지방에서 가난했지만 온몸으로 살았던 고집쟁이 청년이 끼친 영향은 20세기 초 아나키즘의 토대가 되었고, 심지어 공산주의자들조차 그의 사상에 대한 이해와 깊은 존경을 표하게 된다.

하지만 소로우는 단지 국가 폭력에 저항한 정치사상가에서 그친 사람이 아니었다. 그는 그만큼이나 자연주의자였다.

《시민의 반항》이 그의 정치학이었다면, 《월든》은 그의 경제학이다. 인간의 존엄성이 자연에서 분리되어서는 실현 불가능하므로, 그의 비폭력 정치사상이나 야생을 옹호하고 추구하는 자연사상은 모순 없이 매끄럽게 연결된다. 소로우의 삶은 자연 속에서 자유롭게 사는 일의 구체적 실험 기회였고, 그 무대가 때로는 월든숲이었지만, 그의 짧은 생애 전체가 무대였던바, 그는 "진짜 삶이 아니면 살지 않겠다"는 스스로 설정한 배역을 훌륭하게 수행하다가 비록 마흔다섯이란 이른 나이에 떠나갔지만, 불멸이 되었다.

지난 30여 년간 이 나라에서 벌어진 끔찍한 환경 재앙들에 어떤 방식으로든 개입해서 할 수 있는 일을 가능한 다하려고 노력하던 필자에게 간혹 사람들이 묻곤 했다.

"당신은 왜 환경운동가가 되었나? 소설이나 쓰실 것이지!"

만약 그 질문을 하는 이에게서 정말 답을 원하고 있다는 진지함이 느껴지면 나는 딱 그만큼의 성실성으로 답했다.

"태어나서 자랐던 고향의 자연이 아름다웠다. 그리고 20대 초반에 소로우를 읽었기 때문인 것 같다."

다른 위대한 스승도 계셨지만 소로우도 내게 "문학은 반권력이다"라고 가르침을 준 스승이었다. '문명은 인간을 황폐하게 만들었다'는 나의 역사 인식(자연관)도 어쩌면 그 뿌리가 소로우에게 닿아 있을 것만 같다.

최근에 다시 펼친 소로우의 에세이는 '소나무의 죽음'(《천천히, 스미는》, 봄날의책, 109~113쪽)이다. 1851년 12월 30일에 일어난 사건을 다룬 그 에세이는 오후에 톱소리가 들리는 것으로 시작한다. 200미터쯤 떨어진 저 아래쪽에서 두 남자가 소나무를 톱으로 베고 있는데, 소로우는 두 남자를 난쟁이처럼 보인다고 쓰고 있고, 마을에서 가장 큰 30미터 길이의 소나무는 위엄 있고 '고귀한' 존재로 표현하고 있다. 초라하고 잔혹한 난쟁이들은 나무를 쓰러뜨리려고 기를 쓰고 있고, 나무는 "그곳에 한 세기는 더 있을 운명이라는 듯 서 있었고 바람은 예전처럼 쏴쏴 스쳐 갔고" "돛대 같은 줄기에 달라붙은 이끼 하나 떨어지지 않고" 버텼다. 하지만 결국 거대한 소나무는 쓰러지기 시작하고, 난쟁이들은 "자신들이 저지른 범죄 현장으로부터 죄 많은 톱과 도끼를 떨어뜨리고 달아난다".

  소로우는 거대한 소나무를 자르는 인간들(난쟁이들)의 행위를 서슴없이 범죄라고 규정한다. 그리고 그들의 벌목 장비인 톱과 도끼에 죄가 묻어 있다고 느낀다. 소로우에게서 이와 같이 가차없는 '단죄(斷罪)의 표현'을 배운 필자 역시, 새만금 갯벌을 메우거나 가리왕산 숲을 베어버리거나 4대강을 돈 들여 파괴하는 폭력 행위들을 언제 어느 곳에서나 범죄라고 규정하고 성토했다. 하지만 그 어떤 범죄도 여태 그 주범이 나타나지 않은 상태인지라 재판을 받지 않았고, 어느 '한 놈의 난쟁이'도 처벌받고 있지 않은 상태다.

  소나무가 쓰러지자 소로우는 현장에 내려가서 나무를 쟀다. 지름이 1.2미터, 높이는 30미터다. 난쟁이들은 소로우가 당도하기 전에 가지들을 쳐냈는데, "우아하게 펼쳐졌던 우듬지는 유리로 만든 물건처럼 부서져 비탈에 흩어졌고, 어린 솔방울들은 난쟁이들에게 자비를 헛되이 빌었지만" 난쟁이들은 재목으로 쓸 부분에 표시를 하는 일로 바빴다.

  나무가 베어진 현장을 중계하는 소로우는 비통하기 그지없다. "소나무가 차지하고 있던 하늘은 앞으로 200년간 빈다. 소나무는 이제 재목이 되었다. 소나무를 쓰러뜨린 사람은 하늘을 파괴했다. 봄이 되어…… 강둑을 다시 찾아온 물수리는 앉아서 쉴, 익숙한 나뭇가지를 찾아 빙빙 맴돌아도 못 찾을 테고, 매는 새끼들을 지켜줄 만큼 우뚝 솟았던 소나무들의 죽음을 슬퍼할 것이다……." 그리고 마침내 소로우는 "왜 마을(의) 종은 애도의 종소리를 울리지 않는가! 애도의 종소리가 들리지 않는다, 거리에, 숲

길에 행렬이 하나도 없다"고 슬퍼한다.

조종(弔鐘)은 언제 울려야 하는가. 소로우에 의하면, 거대한 소나무가 재목으로 쓰이기 위해 베어졌을 때 울려야 한다.

사람들은 언제 거리를 메우고 행진을 해야 하는가. 소로우에 의하면, 거대한 소나무가 재목으로 쓰이기 위해 베어졌을 때 사람들은 애도의 행진을 해야 한다. 그것이 바로 소로우의 사상이다.

필자가 시민운동을 할 때 잊지 않으려 했던 감수성이 바로 소나무가 베어진 허공이 200년간 비어 있을 것이라고 느꼈던 소로우의 감수성이었고, 동학의 인내천(人乃天)사상이었고, 레오폴드가 죽어가는 늑대의 눈빛에서 본 야생의 불빛이었다. 그토록 아름다운 이들이 이 행성을 다녀가면서 온몸으로 가장 중요한 일을 가르쳤건만, 세상은 나아지기는커녕 하루하루 확실한 파멸의 길로 주저 없이 다가가고 있다.

자신을 위해서는
아무것도 하지 않았던 사람, 권정생
권정생의 모든 책들, 특히《죽을 먹어도》

《죽을 먹어도》,
아리랑나라,
2005년

《강아지똥》,
정승각 그림, 길벗어린이,
1996년

《빌뱅이 언덕》,
창비,
2012년

《밥데기 죽데기》,
바오로딸,
1999년

《몽실언니》,
이철수 그림, 창비,
2000년

지난 100년 동안 이 땅에 살았던 사람들 중에서 가장 '아름다운 사람'으로 무위당 장일순 선생을 꼽았던 사람이 누구인지 나는 모른다. 어차피 그런 과장된 화법의 진실은 객관적으로 검증할 수 없는 데다 무위당이 '참 괜찮은 인물이었다'는 데에 방점이 찍혀 있는 관계로, 진위를 더 따지고 들면 곤란해지는 내용이기도 하다. 하지만 그런 화법으로 말할라치면, 권정생 선생 또한 참 아름답게 살다가 가신 분이 아니었던가 싶다.

　권정생은 누구인가. 아동문학가다. 《몽실언니》, 《강아지똥》 같은 유명한 동화책을 많이 쓰셨다. 그가 펴낸 책은 살아생전에도 그랬지만 사후에도 꾸준히 팔리고, 읽힌다. 흔한 말로 베스트셀러 작가군에 속하는 이였다.

　글을 잘 쓰는 사람을 '좋은 작가'라고 말하지 '아름다운 사람' 이었다고 말하는 경우는 많지 않다. 좋은 그림을 남긴 화가도, 놀라운 재능을 보여준 음악가도 마찬가지다. 사람들은 그 재능을 기리는 것이지 그 인간 됨됨이까지 기리는 것은 아니다. 그런데도 권정생, 하면 그가 쓴 동화책만큼이나 그의 삶이 떠오르는 것은 왜일까.

그는 전직 거지였다. 그가 자신의 에세이 《빌뱅이 언덕》에서 소상하게 밝힌 내용이다. 찢어지게 가난해서 밥그릇 하나 줄이려고 부모가 집에서 내쫓았다. 그래서 거지가 되었다. 그런 뒤, 우연히 아동문학가 이오덕 선생한테 발견되어 동화작가가 되었지만, 작가가 되었다고 달라진 건 아무것도 없었다. 시골 교회의 종지기로 살 때, 선생은 겨울이지만 한 번도 장갑을 끼지 않았다고 한다. 어떻게 새벽종을 불경스럽게 장갑 낀 손으로 울린단 말인가, 그런 게 이유였던 것으로 기억하고 있다. 그것은 신앙심에 해당되는 행위라기보다는 그 스스로도 설명하기 어려울 순결주의로 읽힌다.

누가 찾아오면, "나 찾아올 시간이 있으면 네 할일이나 더 열심히 하라"며 문전박대했다. 2004년께, 실상사의 도법 스님이 생명운동의 일환으로 탁발을 한다고 공표한 뒤 전국을 돌던 적이 있다. 도법 스님과 여러 젊은이들이 마당에 들어서자 권정생 선생이 "왜 모내기철에 모를 심어야 할 젊은이들을 잔뜩 끌고 온 세상을 돌아다니냐?"라며 마루에 앉는 것도 허락지 않고 문전박대했다는 일화는 유명하다. 그 도정(道程)에서 도법 스님은 필자가 살고 있는 춘천 툇골에도 오셨다. 나 역시 스님에게 "여러 사람과 같이 무리 지어 다니는 게 무슨 탁발이에요? 민폐 끼치는 것이지요"라고 말하면서도, 권 선생과는 다르게 20여 명 손님을 하룻밤 환대한 적이 있다. 새만금 살리기 운동이나 지리산 댐 건설 반대운동 때문에 실상사에 갈 때마다 스님에게 친절한 대접을 받았기 때문이다. 나는 왜 혼자 탁발하지 않고 '떼탁발'을 하느냐가 불만이었고, 권정생 선생은 모내기철의 일손 부족을 질타했던 것이다. 같은 불만이되, 나는 고지식했고 권정생 선생은 구체적이었다.

　권정생 선생은 권위적인 사람이 아니었다. 평생 감투를 쓴 적이 없다. 최소한으로 드셨고, 평생 입던 옷도 몇 벌 안 된다. 그는 보통 사람들이 누리는 최소한의 물질적인 혜택마저 외면한 청빈의 삶으로 일관했다. 가난이 얼마나 끔찍한지 아는 이들은 "가난을 실천했다"고 누가 말하면 반감부터 일 것이다. 그래서 그런 고상한 말은 위험하다. 추측건대 권 선생은 가난하게 사는 것이 올바르게 사는 일이라고 생각하신 것 같다.

　그는 멋지고 잘난 사람, 힘센 사람, 가진 것 많은 사람을 세상의 구원자로 보지 않았다. "가까운 데는 걸어 다니고, 짐승이고 벌레고 함부로 죽이지 않고, 총이나 폭탄을 만들지 않고, 공장에서 더러운 물 흘려보내지 않고, 강과 들을 함부로 파헤치지 않은 사람들"을 세상의 구원자로 보았다.(《밥데기 죽데기》에 나오는 황새 아저씨의 말) 그것이 곧 선생의 사상이었다. 너무나 간명하고 명쾌해서 누구도 이 생각에 토를 달지는 않지만, 세상은 정확히 그 반대로 굴러간다. 가까운 데도 차를 타고, 짐승이고 벌레고 함부로 죽이고(산 물고기들을 가둬놓고 재미로 죽이면서 친환경 축제라고 부르는 물고기 학살 잔치가 문득 떠오른다), 총이나 폭탄이 평화를 위해 필요하다고 생각하고, 공장에서 장마 때 내보내는 폐수는 약간의 벌금만 조금 내면 그만이라고 생각하고, 강과 들의 오염에 대해서는 돈만 벌 수 있다면 그만이라고 생각하는 이들에 의해 세상이 굴러간다. 가히 '돈 세상'이다. '멋지고 강하고 힘세고 가진 게 많은 이들'이 되는 게 모든 사람들의 소망이다. '없는 사람들'이 아무리 '있는 사람들'을 썹어도 그들의 꿈은 기실 '있는 사람들'이다. 그러니 권정생의 문학이나 생각은 너무나 지당하지만 실현되기 어려운 생각이다. 특히 만년의 권정생은 환경문제, 망가지는 산하에 대해 몹시 괴로워했고 그와 관련된 글을 많이 썼다. 그가 한결같이 바라는 일은 평화였고, 이 땅에서는 통일이었다. 모든 질곡의 원인을 그는 분단으로 봤다. 탱크와 소총을 녹여서 삽이나 곡괭이로 만들어야 한다고 그는 믿었고, 그런 글을 많이 썼다. 아무도 듣지 않는 말을 평생 외친 그는 미친 사람이거나 성자이거나, 둘 중의 하나다.

《몽실언니》 계약금으로 안동 인근 하천부지였던 빌뱅이 언덕에 움막 같은 자기 집을 처음 가진 것이 40대. 처음 뜨뜻한 온돌에서 자보게 됐다고 기뻐하던 그 집에서 선생은 어린 시절 거지 생활 때부터 평생 앓던 폐질환으로 2007년 향년 70세로 세상을 떠났는데, 그가 남긴 유언과 돈의 액수가 그만 세상을 놀라게 했다. 잘 팔리는 작가로서 평생 번 인세를 그는 한 푼도 쓰지 않았던 것이다. 몇 억의 돈을 그는 '남북의 굶는 아이들을 위해 애쓰는 운동

체'에 쾌척하셨다. 가난에 찌든 유년 시절을 보내면 대개의 사람
은 가난에 복수하기 마련이다. 혹 성공하면 인색한 사람이 되거
나 못 누리던 소비를 하며 사치에 이르기 쉽다. 그런데 권정생은
자신의 정당한 글쓰기 노동으로 번 돈을 자신을 위해서는 한 푼도
쓰지 않았던 것이다. 들끓는 역동의 한국 사회는 연일 충격적인
사건의 연속이다. 그런데 선생의 유언과 그가 남긴 거금(어떤 이에
겐 그것도 껌값이겠지만)은 우리 모두를 어쩔 줄 모르게 만들던, 섬
뜩하고 조용한 충격이었다. 이런 사람이 우리와 같이 살고 있었
다니.

　그가 남긴 아름답고 슬픈 동화책 말고도 선생이 쓴 산문들, 선
생에 대한 책들이 많지만, 나는 그가 만년에 남긴 산문집《죽을
먹어도》를 선생의 뜨거운 사상이 가장 잘 담겨 있는 책이라고 생
각한다. 그 주장의 터무니없는 순진성과 간결하고 명쾌한 논리,
그의 생각이 당장에 현실이 되지 않는다고 해서 함부로 무시할 수
없는 그 무서운 결기는 우리 사는 꼬락서니가 얼마나 엉터리인지
오늘도 꾸짖고 있다.

50년 만에 다시 만난 솔제니친, 그리고 코로나19

알렉산드르 솔제니친, 《이반 데니소비치의 하루》,
박형규 옮김, 마당미디어,
1994년

《이반 데니소비치의 하루》를 처음 읽었던 때가 아마도 1970년, 솔제니친이 노벨문학상을 받은 그해였을 것이다. 내 나이 열여섯 살, 고등학교 1학년 겨울이었던 것 같다. 내 집은 동해안에서 가장 오래된 도시의 시내 신작로 옆에 있었고, 아버지는 여러 형제들의 학비 때문에 도로변에 작은 점포 세 개를 지어 세를 주었다. 그 점포들 중의 하나는 약국이었다. 키가 작고 주근깨가 많았던 아주머니만 약사 자격증이 있고, 아저씨는 약사가 아닌 것 같았는데, 약은 주로 아저씨가 팔았다.

어느 날 약국 조제실 안쪽에 들여놓았던 작은 온돌방에 놀러 갔었는데, 그곳 바닥에 아무렇게나 놓여 있던 작은 책자 한 권이 눈에 띄었다.《이반 데니소비치의 하루》였다. 아마도 약사 아주머니가 구독하던《주부생활》의 부록이었던 것 같다. 혹은 아저씨가 보던 종합지의 부록이었을 수도 있다. 문고본 크기의 얇은 책이었는데, 아무런 기대도 없이 집어서 주르륵 책장을 넘기니 시커먼 세로줄 무늬의 죄수복을 입은 꾸부정한 털북숭이 인물들이

삽을 들고 일을 하는 삽화가 보였다. 글자로 꽉 차 있는 페이지들
은 서둘러 넘기고 다른 삽화를 찾았더니, 멀리 철조망이 보이고
역시 죄수복을 입은 사람들이 벽돌을 쌓고 있는 그림이 나타났던
것 같다.

꼭 강렬한 삽화 때문은 아니었겠지만 갑자기 그 책을 읽고 싶
은 충동이 일었다. 약국 아저씨는 흔쾌히 주인집 막내아들인 내
게 책을 빌려주었다.

좁은 어깨에 넓은 이마, 그렇지만 겁먹은 눈을 하고 있는 '위
대한 소련 작가' 솔제니친은 그렇게 내 인생에 들어왔다. 10대 때
우연히 그 책을 만난 후 평생 동안 잊지 못할 '존엄(尊嚴)'으로 그
의 이름이나 그의 작품들의 일부가 나를 지배하고 있으니, 그가
내 인생에 들어왔다고 해도 틀린 말은 아닐 것이다. 긴 분량이 아
니므로, 그리고 그때 나는 지금과 달리 시력도 좋고, 힘도 좋았으
므로 책 한 권을 읽어치우는 일은 그리 어렵지 않았을 것이다. 어
차피 원치 않는 실업계 고등학교에 가게 되었는지라 공부는 일찍
부터 폐업 내지는 휴업 상태였으므로 솔제니친을 아마도 대단히
집중해서 읽었을 것으로 추억된다.

사위가 조금씩 어둑어둑해지는 겨울 초저녁, 책을 다 읽은 뒤
나는 방문 앞 담 너머에 서 있는 잎 떨어진 미루나무를 쳐다보았
다. 그 건너편은 기와 공장이었고, 뒤쪽은 철둑이었다.

"아아, 이 세상에는 내가 모르는 다른 세계가 있구나!"

담 밖의 풍경도, 신작로에서 먼지를 남기고 달려가던 '시발택

시'도 전과는 다르게 보였고, 치켜세운 오버 깃과 사람들이 움츠
리고 골목 끝으로 사라지는 모습도 예사롭지 않게 보였다. 초저
녁의 겨울바람도 생전 처음 느끼는 바람이었고, 멀리서부터 들려
오는 기적 소리도 전과는 다르게 몽환적으로 들렸다. 희미한 지
방 소도시의 모든 익숙한 것들이 낯설고 비현실적으로 느껴졌다.
내가 지금 보고 있는 이 세상이 진짜 세상일까? 내가 방금 빠져들
었다가 나온 수용소가 진짜 세상일까? 어떤 거역할 수 없는 강력
한 힘이 내 눈두덩이 위에 파스를 붙였다가 급하게 떼어낸 것 같
았다.

　한 권의 소설책이 한 소년을 이토록 뒤흔들다니…!

　'나도 소설이라는 것을 한번 써봐야지.'

　작심하고선 남모르게 소설을 끄적인 것은 그로부터 한두 해
지나서였을 것이다. 그러나 솔제니친으로 인하여 이 세상에 '문
학의 세계'가 있다는 것을 알게 된 일은 의도하지 않았건만 누리
게 된 큰 '축복'이었다. 만약 문학이라는 세계를 몰랐더라면 내가
느끼고, 알고 있다고 믿는 세계가 얼마나 빈약하고 우스꽝스럽고
한심스러웠을까?

　솔제니친을 나는 그렇게 만났다.

　《이반 데니소비치의 하루》는 장편 소설이라기보다는 우리나
라에서만 그렇게 말하는, 조금 긴 '중편 소설' 분량의 소설이다.
씌어진 것은 1962년 훨씬 이전인 1957년께였지만, '반(反) 스탈린

운동'이 전개되기 이전까지는 발표할 엄두를 못 내던 소설이었다.

소설은 '이반 데니소비치 슈호프'라는 사람이 수용소에서 하루 동안 겪은 생활을 담담하게 그리고 있다. 아무런 극적인 사건도 없이 보낸 영하 38도의 시베리아 수용소의 하루가 소설의 전부다. 농부였던 슈호프는 1942년 항독전쟁에 나갔고 독일군의 포로로 잡혔다가 돌아왔다. 다섯이 탈출했으나 셋은 죽고, 둘만 살아서 돌아왔더니 당국에서 "탈출 좋아하네, 너희들은 독일 스파이지? 두 놈이 말을 맞춘 게 틀림없다. 세 놈이 살아서 돌아왔다면 믿겠다"라는 어이없는 논리에 의해 졸지에 독일 스파이가 되어버려 10년 형을 받는다. 소설 속 그 하루가 흐를 즈음에 슈호프는 8년을 치렀기 때문에 석방까지 2년이 남았지만, 스탈린 치하의 법정에서 내리는 형량은 엿가락과 같아서 석방의 꿈은 일찌감치 접은 지 오래다. 돌아갈 고향이 있으나 귀향할 희망도 자의 반 타의 반으로 거의 뭉개져버린 상태다. 슈호프뿐 아니라 모든 죄수들이 바라는 최고의 소망은 춥고 배고프지만, 오로지 그저 하루하루가 무사히 넘어가는 것뿐이다.

슈호프가 소속된 반원은 모두 23명, 반장도 죄수지만 하루 300그램의 식량을 확보해주는 대가로 죄수들을 마음대로 부리면서 권력을 유지한다. 반원들 중에는 20년 형을 받은 부농, 전직 해군 중령, 첫 작품을 발표하기 직전의 영화감독, 예배를 드렸다는 이유로 잡혀온 침례교도, 숲에서 지하 단원에게 우유를 갖다줬다는 죄목으로 온 소년 등이 있다. 우스꽝스럽고 황당한 이유들로

잡혀온 죄목이 곧 스탈린 시대를 상징하고 있으나 솔제니친은 도식적 상징화보다는 삶의 진정한 단면을 드러내는 데 더 집중한다. 드물게 인간성을 여전히 유지하고 있는 인물도 있지만, 대개는 이기적이고 약삭빠르고, 허풍쟁이고, 등등이다.

수용소에서는 빵 한 조각, 발을 감쌀 헝겊 한 오라기, 땅에서 주운 쇠붙이 하나(그것은 곧 주머니칼이 된다), 간수의 표정 하나, 식사 배급, 지상에서 가장 큰 선물인 뜨거운 양배춧국 한 그릇, 바깥의 가족이 보낸 소포 꾸러미 속의 먹을거리, 담배 등이 가장 소중하다. 인생의 전부인 그런 대단찮은 것들을 둘러싼 치열한 갈등과 암투가 허풍이나 과장 없이 담담히 그려진다. 여차하면 독방에 갇히는데, 얼음방이라고도 불리는 독방 열흘이면 평생 건강을 해치고, 보름이면 얼어죽어서 나온다. 독방은 죽음보다 더 끔찍한 공포다. 그 공포가 하룻밤에도 세 번씩 되풀이되는 점호를 이겨내게 만든다. 이런 상황에서 누군들 '무사한 하루'를 꿈꾸지 않겠는가.

문학비평가 루카치는 "솔제니친이 '금욕적인 절제'를 보이면서 일체의 입장 표명을 삼간다"면서 "하지만 다름 아닌 그의 현시방식의 객관성, 사회·인간적 제도의 '자연적 양상을 띤' 가혹함과 비인간성은 그 어떤 격정적인 열변이 내릴 수 있는 것보다 더 치명적인 판결을 내린다"고 평가한다.(《루카치가 읽은 솔제니친》, 김경식 옮김, 산지니, 2019년, 30~31쪽) 루카치의 말은 이 소설이 스탈린 시대를 총체적으로 비판하되, 직정의 방식이 아니라 문학적으로 고급스럽게 비판했다는 뜻으로 이해하면 될 것이다.

내 소년 시절에는 그토록 놀라운 문학적 감동과 깊은 여운을 남겼던 이 소설을 50년 만에 다시 찾아 읽은 이유는 시방 전 세계를 당혹과 불안, 공포로 뒤덮고 있는 코로나19 펜데믹 때문이었다. 내가 일하는 연구소가 있는 지역 문화잡지에서 서평을 청탁받았는데 "작금의 코로나19 사태에 직면하여 가능하면 치유나 회복의 기운을 얻을 수 있는 책을 다뤄주면 좋겠다"는 것이었다. 어이없는 주문이 아닐 수 없다. 어떻게 한 권의 책이 역병(疫病)을 치유하고 위로할 수 있을까? 쉽게 위로의 책을 찾으려는 무성의한 주문 때문에 나는 다른 때와 달리 여러 날, 어떤 책을 소개할까, 머리가 지끈거렸다. 결국 원고마감 즈음에 고른 책이 솔제니친이었다. 50년 만의 재독(再讀)이었는데, 지루하고, 읽기 힘들었다. 왜였을까? 세상의 무슨 일에든 열려 있었던 소년이 육십 중반의 노인이 되는 동안 볼 것 못 볼 것 너무 많이 봐서 가슴이 닫혀버려서일까. 아니면, 그동안 수용소 생활을 다룬 이야기들이나 영화를 너무 많이 봐서일까. 나는 처음 읽었을 때의 감동과 흥분이 사라져버린 것을 슬퍼했다.

그러나 참으로 이상한 일이 일어났다. 책을 덮고 난 며칠 뒤에 나는 솔제니친의 위대성을 새삼 실감하기 시작했다. 그것은 마치 심해에 잠겨 있던 거대한 돌덩어리가 수면으로 떠오르는 것 같은 감정이었다. 그는 엄청난 절제의 정신으로 세계와 그 속의 군상을 쉽게 일반화하지 못하게 하는 장치를 구사했지만, 그럼에도

이 세계가 수용소가 아니었던 적은 없었다는 것을 다시금 깨닫게
해주었다. 우리는 100년이 채 안 되는 수명에 갇혀 있고, 공간적
으로는 국가주의에 갇혀 있고, 영원히 해소될 길 없어 보이는 불
평등과 피부색 차별, 한심스러운 성차별, 장애인 차별의 장벽에
갇혀 있고, 성장 숭배라는 신흥종교의 마법에 갇혀서 살고 있었
다. 이번에는 박쥐에 연원(淵源)하고 있는 역병에 기습당한 상황
이지만, 인류는 늘 여러 형태의 불가항력적인 힘에 갇혀서 살아오
지 않았던가. 지금 이 시간에도 수많은 사람들이 죽어가고 있다.
무너질 리가 없다고 믿었던 경제가 세계적 불황에 이르는 데 한
달이 채 안 걸렸다.(CNN 2020년 3월 21일자 보도) 우리는 얼마나 허
약한 토대 위에서 삶을 구가하고 있었던가. 우리는 굳게 연결되어
있으나 딛고 있는 발밑이 반석이 아니었다. 스티븐 호킹은 기후변
화, 소행성 충돌, 역병으로 인류가 파멸에 이를 것이라고 경고했
지만, 이번 역병도 마침내는 지나갈 것이다. 하지만 인간의 끝없
는 개발과 확장으로 인해 서식지를 잃은 '자연(박쥐)의 역습'은 잠
시 지나간다 해도 다양한 형태로 다시금 인간을 기습할 것이다.

　소설 속 주인공은 얄팍하고 더러운 담요를 머리서부터 뒤집어
쓰고, 그가 보낸 하루에 대해 생각한다.

　○○● 슈호프는 지극히 만족한 기분으로 잠이 들었다. 오늘 하루 동안
　그에게는 좋은 일이 많이 있었다. 영창에도 들어가지 않았다. (…)
　점심때는 카샤 한 그릇을 속였다. 반장은 작업량 사정을 잘했다. 즐

겁게 블록을 쌓았다. 톱날 조각도 걸리지 않았다. 저녁에는 세자르
에게서 벌이를 하여 담배도 사왔다. 병이 도지지도 않고 나아버렸
다. 무슨 어두운 그림자에 가리거나 하지 않는, 아니 거의 행복하다
고까지 해도 좋은 하루가 지난 것이다.(183쪽)

우리도 하루빨리 '사회적 거리 두기'라는 인간의 본성에 반하
는 해괴한 방역 지침에서 벗어나 확진자에 포함되지도 않고, 밥
도 잘 먹고, 즐겁게 하던 일을 계속하고, 하루 동안에 발화한 사소
한 거짓말 몇 개가 발각되지 않고, 어제만큼만 돈을 벌고, 계단에
서 넘어져 발목을 삐지 않고 하루를 잘 보내기를 바란다. 그것이
바로 삶이라고 말한다고 해서 누가 비웃을 수 있을까. 우리가 겨
우 그런 존재에 불과하다는 것은 슬픈 일이지만, 장엄한 일이기
도 하다. 인간의 역사는 재앙 속에서도 '거의 행복하다고까지 해
도 좋은 하루'를 만들어내고야 말 능력이 있다는 것을 자주 보여
주곤 하지 않았던가.

코로나19가 무너뜨린 정직한 작가,
루이스 세풀베다

루이스 세풀베다,《연애 소설 읽는 노인》,
정창 옮김, 열린책들,
2009년

대놓고 내색한 적은 없지만, 그 생애와 문학을 부러워하던 작가 루이스 세풀베다가 코로나19로 지난(2019년) 4월 세상을 떠났다는 소식은 내게 이런저런 정리되지 않은 생각에 사로잡히게 하는 일이었다. 그가 1949년생이니까, 그 연배의 여전히 씩씩한 내 선배들을 굳이 떠올리지 않더라도 그리 많은 나이는 아니다. 원했던 적은 없으나 생을 얻은 이상 누구랄 것 없이 멸(滅)하는 일은 이상한 일도, 특별한 일도 아니건만 왜 그의 죽음이 며칠쯤 어둡고 둔중한 상념에 잠기게 했는지 알고 싶었다. 그의 뜨겁고 빽적지근했던 한평생을 생각하면 그가 코로나19로 망명지 스페인의 한 병원에서 세상을 떠났다는 외신은 역병의 무차별성이나 가차없음을 감안한다고 해도, 그에게 어울리는 죽음이 아니었다. 모든 이에게 해당되는 일은 아니지만 어떤 방식으로 죽는가가 곧 그가 살아왔던 생애를 증거하는 경우가 있다. 예수는 예수처럼, 전봉준은 전봉준처럼, 체 게바라는 체 게바라처럼 죽었기 때문이다. 지금도 이 행성에서는 대처하기 난감한 역병으로 인해 수많은 이들이 고통을 겪다가 세상을 떠나고 있지만, 나는 아마도 은연중에 세풀베다는 그가 살아온 이력에 어울리는 죽음을 맞이할 줄로 알았던가 보다. 내 유치한 감상주의다. 그의 죽음으로 인해 코로나19가 더 가깝게 느껴졌다거나 더 공포스러워진 것은 아니지만, 어떻게 이 씁쓸한 애도의 감정을 추슬러야 할지 아직도 잘 모르겠다.

그의 첫 소설, 《연애 소설 읽는 노인》을 다시 펼친 것은 그의 부음을 듣고 난 뒤였다.

두껍지 않은 소설이다. 무대는 세풀베다가 '적도의 에덴'이라고 부르는 아마존 밀림의 오지, 엘 이딜리오. 겉으론 거칠어 보이지만 원주민에 대한 애정을 품고 있는 입심 좋은 치과의사가 제일 먼저 나온다. 말로만 거칠 뿐 '진정한 사내'라는 것을 친구들에게 증명하기 위해 치아를 몽땅 빼달라고 강력하게 요구하는 청년에게 "정 원한다면 빼주겠지만 바보 같은 짓 하지 말라"고 만류하는 장면을 보면, 따뜻한 사람이다. 치과의사가 가장 존경하는 인물이 바로 노인이다. 노인의 지혜와 신비로운 매력 때문이다. 그 노인이 소설의 주인공인데, 어쩌다 글을 읽는 법을 알게 된 노인은 더듬거리면서 글을 읽되, 쓸 줄은 모르는 반편이다. 그 반편이가 가장 좋아하는 책이 바로 연애 소설이었다. 이 얼마나 재미있는 시작인가.

어느 날 어린 새끼들과 수놈 살쾡이를 모조리 쏘아 죽이고 가

164

죽을 벗기려 들다가 죽음을 당한 한 양키 녀석의 시체가 떠밀려온다. 밀림의 권력자 '뚱보 읍장'은 애먼 원주민을 살해범으로 몰려고 하지만 노인은 그 죽어 마땅한 숲의 파괴자이며 생명 경시자인 양키를 죽인 자는 사람이 아니라 슬픔과 공포에 찬 암살쾡이라고 반박할 수 없는 논리로 조목조목 설명한다.

원주민을 벌레처럼 여기던 읍장을 '엿 맥인' 노인을 통쾌한 심정으로 지켜보던 치과의사가 말한다. "안토니오 호세 볼리바르, 나는 왜 여태까지 당신이 멋진 탐정이라는 생각을 못 했지? 아무튼 영감은 오늘 위대한 뚱보 각하를 벙어리로 만들었소." 그렇게 노인의 지혜에 감탄을 표한 후 치과의사는 갑자기 생각났다는 듯이 "그 양키놈 때문에 깜빡 잊고 있었는데, 이번에도 소설책으로 두 권 가져왔소"라고 말한다. 노인에게 소설책을 공급하는 역할을 맡은 이가 바로 치과의사였던 것이다. 노인이 소설책을 반기는 대목은 다시 꺼내 봐도 즐겁고 의미심장하다.

○○●

그 순간 노인의 눈이 빛났다.
"연애 소설인가요?"
치과의사가 대답 대신 고개를 끄덕였다.
"가슴 아픈 얘긴가요?"
노인이 다시 물었다.
"영감은 목놓아 울고 말걸."

치과의사가 확신에 찬 어조로 대답했다.

"서로를 진정으로 사랑하는 사람들이 나오나요?"

"이 세상에서 어떤 연인들도 그들만큼은 사랑하지 못했을 거요."

"서로가 슬픈 일을 겪는가 보군요."

"난 가슴이 찢어지는 것 같아서 차마 견딜 수 없었소."(39쪽)

치과의사는 사실 소설을 읽지도 않고 허풍을 떨었다. 그러나 소설, 특히 연애 소설에 대해 이렇게 꼬치꼬치 묻는 노인은 얼마나 안타깝도록 순진한가? 노인은 언제나 연애 소설만 좋아했다. 그것도 숱한 역경을 이겨낸 연인들이 마침내 해피엔딩에 이르는 연애 소설만 좋아했다. 노인의 연애 소설 취향이 이 세상 모든 이야기들의 원형이라는 것을 노인은 알고 한 소리일까? 영웅이 집을 나선다. 악마를 만난다. 악마를 물리치고 동굴 깊은 곳에서 보검을 찾아서 귀향한다. 사랑하는 연인이 있다. 낡은 관습과 편견에 사로잡힌 부모 친지와 이웃들이 악마의 역할을 한다. 그 초파리 같은 훼방꾼들을 이겨내고 연인은 마침내 사랑(의 상태)을 쟁취한다. 모든 로맨스, 모든 영웅담의 골격은 만고불변인데, 바로 이 평이하고 짧은 대화 속에 서사구조의 고갱이가 깔려 있다.

이 소설을 처음 읽은 지 오래인지라 잊고 있다가 노인의 '연애 소설론'을 접하자 나는 다시금 생기가 났다. 그 생기는 아주 맑은 기운이었다. 노인은 한 자 한 자 더듬어 읽다가 나중에는 소설을 다 외워버린다.

밀림의 절대권력자 뚱보 읍장은 기어이 암살쾡이를 죽이기 위해 노인의 지혜와 용기를 활용하겠다는 음모를 꾀한다. 자신에게는 암살쾡이를 처치할 능력이 없지만 백인이 식민지 역사에서 늘 해오던 짓, 즉 "돈이 안 되는 모든 살아 있는 것들은 보이는 족족 모조리 죽여버리라"는 법칙에 충실하기 위해 가족을 잃고 슬픔과 인간에 대한 복수욕에 불타는 암살쾡이에게 노인을 떠밀어 넣는다. 노인이 원하는 것은 오로지 연애 소설의 연인들이 시련을 이겨내는 일이고, 노인이 세상에서 가장 궁금해하는 일은 소설 속 베네치아에서 어떤 연인이 '뜨거운 키스'를 했는데 어떤 키스가 뜨거운 키스인지 하는 아무리 상상해봐도 알 수가 없는 사실, 그리고 베네치아는 어떻게 생겨먹은 도시이길래 골목마다 배가 떠다니고 도시가 가라앉지 않는지 따위들뿐인데, 동물과 공생할 능력이 애초부터 결여된 읍장은 양키의 복수를 위해 암살쾡이를 죽이는 일에만 몰두한다. 읍장의 교활함과 야비함을 알면서도 노인은 짐승과의 일전을 벌인다. 그리고 이미 죽기로 작정한 암살쾡이와 노인의 만남으로 소설이 끝난다. 노인은 짐승이 원하는 것이 죽음이라고 느낀다. 그 죽음은 "인간과의 물러설 수 없는 한판 싸움을 벌인 뒤에 스스로 선택하는 그런 죽음"이었다.

나는 속으로 노인이 암살쾡이에게 당하기를 바랐는데, 노인은 암살쾡이가 명예롭게 죽음에 이르도록 돕는다. 노인이나 암살쾡이 같은 '아마존의 자식들'이 각자의 의무를 다했다고 해석해주기를 작가가 원했던 것 같기도 하다.

세풀베다는 1949년, 칠레의 작은 도시에서 아나키스트 할아버지와 공산당원인 아버지 밑에서 자란다. 할아버지는 스페인의 독재자 프랑코를 피해 칠레로 망명했다. 그런 할아버지 아래에서 공산주의자 아들이 나왔다. 북녘에 엄존하고 있는 김씨 세습 왕조 같은 사이비 공산주의만 생각할 일이 아니다. 자유와 평등이 무엇보다 중요하고, 착취와 수탈이 옳지 않다며 독재자들이나 자본에 저항한 이들이 바로 20세기 다른 나라의 공산주의자들이었다. 산티아고고등학교를 거쳐 칠레대학에 진학한 세풀베다는 연극을 공부했다. 아옌데 정권이 몰락한 뒤에 세풀베다는 피노체트 군부에 저항하다가 2년 반 투옥당한다. 이후 엠네스티의 노력에 의해 가석방되어 가택연금을 당한다. 하지만 가택연금 중에도 연극 활동으로 피노체트에 저항하다가 반역죄로 사형을 선고받는다. 다시 개입한 엠네스티에 의해 8년의 유배형, 이후 1977년 칠레를 떠나 아르헨티나, 우루과이, 브라질을 전전, 가는 곳마다 박해를 받아 결국은 파라과이를 거쳐 에콰도르에 정착한다. 이후 연극 회사를 만들어 이 소설에도 나오는 기품 있는 원주민인 슈아르족(族) 식민지화에 대한 영향을 조사하는 유네스코 탐험에 참여, 원주민들과 7개월여 동고동락하는 기회를 얻는다. 그는 원주민들이 모든 생명을 소중히 여기는, 품위 있는 사람들이라는 것을 알게 된다. 1979년에는 니카라과에서 싸우고 있는 시몬 볼리바르 국제여단에 참여했지만, 다시 추방당해 이번에는 유럽으로 옮기게 된다. 기자 생활을 하면서 호구를 이어가던 세풀베다는

1982년부터 6년간 그린피스 선박에 올라 선원 생활을 한다. 이는 세풀베다가 '20세기 최초의 환경 작가'라고 불리는 전력의 근거가 된다.

《연애 소설 읽는 노인》은 그의 나이 40세 때인 1989년에 발표된다. 세풀베다는 이 작품을 아마존을 지키기 위해 애쓰다가 살해당한 환경운동가 치코 멘데스에게 바친다. 헌사(獻詞)가 슬프고 통렬하다.

○○● 스페인 오비에도에서 '티그레 후안상'을 수여하게 될 심사위원들이 이 소설을 읽는 사이, 수천 킬로미터 떨어진 곳에서 거대한 조직에, 고급 의상을 입고 손톱까지 깔끔한 자들에게, '발전'이라는 이름을 내세우는 자들에게 매수당한 무장 괴한들이 세계 환경운동가 중에서 가장 중요하고 저명한 인물이자 아마존의 열렬한 옹호자를 살해했다.

　사랑하는 친구 치코 멘데스, 늘 과묵하고 행동하는 양심으로 활동하던 당신에게 이 책을 전하지 못하지만 감히 나는 티그레 후안상이 당신에게 주는 상이자 하나뿐인 세계를 지키기 위해 당신이 걸어간 길을 뒤따르는 모든 사람들에게 주는 상이라고 생각한다오.(5~6쪽)

세풀베다는 자신이 옳다고 생각하는 대로 살았고, 그 이야기들을 소설로 썼다. 그가 진정 작가라면 '발전'이나 '성장'이라는

이름으로 자연이 파괴되고 인간성이 자본의 위력 앞에 무너지는
데에 통증을 느끼지 않을 수 없었을 것이다. 그런 점에서 세풀베
다는 작가의 길, 인간의 길을 걸어간 사람이다. 그래서 그의 삶에
존경을 표하게 되고, 그의 삶이 담긴 작품에 경의와 부러움을 느
끼게 되는 것이다. 하지만 이 나라 오래 산 작가들은 약간의 문재
(文才)로 곧 사라질 명성을 얻은 후에는 자기 이름이 붙은 기념관
건립에 매진하거나, 전집이나 자기 이름의 문학상을 만드는 동상
(銅像) 작업에 혈안이 되어 있기 일쑤며, 아무도 존경하지 않는 예
술원 회원임을 뽐내는 데 바쁘다. 외람되지만, 추하고 왜소하다.

　코로나19가 이 행성에 살아 있었던 한 정직한 인간을 데려갔다.

4
부

이 산천은 정권의 것이 아니다

- 새만금과 4대강

새만금을 들여다보면
한국 사회가 보인다

풀꽃평화연구소 엮음, 《새만금, 네가 아프니 나도 아프다》,
돌베개,
2004년

본래는 없던 말이지만 '새만금'은 새만금간척사업의 약칭으로 널리 통한다. 즉, 전북 군산~부안을 연결하는 방조제 33킬로미터를 축조해 4만 100헥타르 해수면을 2만 8,300헥타르의 토지와 1만 1,300헥타르의 담수호로 만드려는 국책사업이 바로 '새만금'이다. 그 규모는 가히 단군 이래 최대의 간척사업이라 불러도 손색이 없다. 메워 사라질 갯벌의 규모와 쏟아부어야 할 흙과 돈의 양에서 그렇고, 이 반생명적 어불성설에 기생하는 토목 범죄자와 썩은 정치가들과 '아니다'라고 말하는 사람들이 고통스럽게 이 일에 소모하고 있는 에너지의 양에서도 그렇다. 새만금 담론이 안고 있는 상징성의 깊이로 봐도 단군 이래 특정 지역의 땅을 놓고 이렇게 지루하고 끈질기게 사람살이와 자연의 관계에 대해 '오래도록 깊이' 논의했던 적은 없었다.

책상 위에 지도를 펴놓고, 속성상 곡선을 그리지 못하는 잣대 하나를 들고 이 지역을 매립하려고 침을 흘리던 탐욕의 역사는 짧지 않다. 대동아전쟁을 일으킨 뒤 군량미로 충당하려고 조선의 곡창을 대놓고 수탈하던 일제 때부터 이 지역에 대한 매립 욕망은 꿈틀거렸다. 일제가 물러간 뒤, 다른 방식으로 산업사회로 진입할 수도 있었을 텐데, 쿠데타로 권력을 강점한 박정희 정권이 갖고 있던 국토개발관은 어렵게 말할 것 없이 '군대식'이었다. 공장 굴뚝에서 나는 검은 연기를 보고 감격해 울었다는 그 지도자는 산을 허물고, 도로를 내고, 공장을 짓고, 댐을 짓고, 갯벌을 메우는 일에 주저가 없었다. 공산당을 궤멸시키려는 의지와 함께 이 나라 산하를 요절내 돈으로 환산하는 일이 그에게 가장 중요한 일이었다. 그에게 자연은 지혜롭게 머물다 온전하게 물려주어야 할 살아 숨쉬는 존귀한 대상이 아니라 착취하고 소진해 경제적 이득을 취해야 할 노략질의 터전이었다. 그 점에서 그의 인성은 피해망상적 권력욕과 함께 인간중심주의적인 근대성의 맹점을 고스란히 온축하고 있었다. 새만금 또한 그 뿌리는 박정희 정권의 압축개발, 반생명적 성장지상주의로 소급되며, 그 이후 신군부와 이어 집권한 지역주의에 바탕한 민간 출신의 정권의 출현으로 말미암아 어느 정도 달성되었다고 널리 자평되고 있는 민주화 과정을 거치면서도 새만금을 대하는 시각의 본질은 조금도 달라지지 않았다. 수많은 사람들의 희생에 의해 표현의 자유는 어느 정도 획득했는지 모르지만, 자연과의 올바른 관계에서만 가능한 진정한 생명 평화. 죽임이 아니라 '살림과 공존'이라는 생태적 가치의 실현은 아직 요원한 것이 우리의 오늘 형편이다. 그래서 오늘도 진보라는 낡은 사유 틀이 여전히 요구된다면, 가장 진보적인 태도는 생태주의적 세계관일 수밖에 없다.

　이 대목에서 새만금의 역사를 잠시 살펴보는 일은 이 정치적인, 따라서 범죄적인 사업의 성격을 이해하기 위해서일 뿐이다. 1971년 처음 세워진 새만금 매립계획은 전북 옥구군 옥서면을 중심으로 금강, 만경강, 동진강 하구 갯벌을 매립하려는 '옥서지구 농업개발계획'이라는 형태로 드러났다. 1972년의 사업의 경제성 평가가 끝난 뒤, 1984년에 기본 조사가 완료되었다가 1986년 농업 목적의 간척사업으로 전환된다. 이듬해인 1987년 5월, 당시 농림수산부장관(황인성)에 의해 '서해안 간척사업'이라는 이름이 붙여진 뒤 오늘날 우리가 알고 있는 새만금의 규모로 확정된다. 그렇지만 '새만금간척종합개발사업'이라는 이름으로 바꾸고 본격적인 타당성 조사에 들어간 때는 전두환 정권 시절이던 1987년 7월이었다. 바로 6월 항쟁이 일어났던 해였다. 하지만 단군 이래 최대 간척사업으로 일컫는 새만금에 대한 타당성 조사는 불과 3개월 만에 끝났다. 12월 대선을 앞두고 박 정권 시절 경상도에 비해 상대적인 경제적 낙후감에 빠져 있던 전라북도 민심을 위무하기 위해 꽤나 바빴던 것이다. 그러나 같은 해 11월 "새만금사업의 경제성이 없다"는 보고를 누차 받아왔기에 여당 후보였던 노태우 씨는 '새로운 서해안 시대를 대비한 개발전략'이라는 발표문에서 새만금을 잠시 누락하기도 한다. 그러나 전라북도 여론의 크나큰

실망과 반발에 혼비백산한 노 후보는 선거를 일주일 앞둔 12월 10일, 돌멩이가 난무하는 광장이 아니라 밀실인 전주의 한 호텔에서 비장의 카드를 꺼내듯, '새만금' 카드를 재차 꺼내면서 "서해안 지도를 바꾸게 될 새만금 지구 대단위 방조제 축조사업을 최우선 사업으로 선정, 신명을 걸고 임기 내에 완성하여 전북 발전의 새 기원을 이룩하겠다"고 기염을 토한다.

  멀쩡한 갯벌을 메우겠다는 새만금사업에 생명가치에 대한 배려를 기대하는 것은 난망한 일이다. 그렇지만 경제가치에 바탕한 타당성 조사라고 해도, 새만금은 이렇듯 애초부터 '사업 추진 불가'라는 상식을 철저하게 묵살한 선심성 선거공약으로 탄생함으로써, 필연적으로 짙은 정치성을 띠게 되었던 것이다. 출현하지 않았어야 할 군부 정권들에 의해 추진된 새만금 소동은 이후 한 차례 공사 중지 기간을 거쳤다. 그 후 정권이 세 차례나 바뀌었건만 2003년 초여름의 삼보일배와 7월 15일 서울행정법원에 의해 '새만금간척공사 집행정지 판결'이 나오기까지, 그럼에도 불구하고 기습적인 4공구 방조제 공사를 폭력적으로 강행하기까지, 이후 위도의 핵 쓰레기장 사태에 의해 세간의 관심으로부터 철저하게 묻혀버리기까지 경제가치 만능주의와 이익 창출에만 혈안이 되어 있는 기업과 유착하여 국토를 권력 유지와 정권 창출의 볼모로 삼은 한국 정치사의 반생명적, 범죄적 특성을 고스란히 내장한 채 오늘에 이르고 있다.

최고 권력자는 새만금 같은 대형 국책사업에서 천문학적인 뭉칫돈이 떨어진다는 것을 본능적 감각으로 알고 있었고, 우국의 얼굴을 자주 짓는 국회의원들 또한 새만금에서 제 몫을 챙기는 일에 게을렀던 적이 한 번도 없었다. 중동 특수 이후 놀고 있는 건설 중장비들을 굴려야 돈을 만드는 대한민국의 내로라하는 건설업자들은 새만금이라는 먹이 경쟁에서 탈락하면 수치감을 느낄 정도로 전력투구로 달려들어 뇌물과 이권의 저울질 속에서 새만금을 뜯어먹었다. 대형 건설업자들의 광고 수입이 정론을 펼치는 일보다 우선되는 언론들 또한 새만금의 진실에 대해 일찍부터 눈을 감았고, 건설업자 출신들이 사주로 있다는 지역 언론들이 민심을 왜곡하며 새만금을 부추겨온 작태는 가히 목불인견이었다. 이미 농지조성이라는 당초의 사업 목적을 상실한 마당이라 비롯된 초조감에서였는지 사업 주체인 농업기반공사의 한 관리는 근래 자주 마련된 한 텔레비전 토론회에서 "메워서 어떻게 쓰든 일단 메우고 보는 것이 발전이다"라고 말했다. 그것은 갯벌을 메워 논을 만들겠다는 사람이 할 말이 아니었다. 하지만 그 말보다 새만금을 메우려는 세력들의 속내를 적실하게 드러낸 말을 다시 떠올리기 힘들다.

이 모든 몰염치한 세력들이 누구보다 처절하게 기만한 것은 "새만금사업이 성사되면, 땅도 얻고 지역경제도 나아지리라"는 기대에 부풀었던 전북 사람들의 일견 소박하고 당연한 현실적 욕구였다. 그래서 어쩌면 전북 사람들이야말로 새만금의 가장 큰 수혜자가 아니라 가장 큰 피해자라는 증거는 특히 누대에 걸쳐 갯벌을 옥답처럼 의지하고 살아오던 새만금 언저리 사람들에 의해 이미 참혹하게 드러나고 있다. 도시 빈민으로 흘러들어 갔거나 더 궁핍한 빈곤과 보상금 게워내라는 요구로 인해 자살자들이 속출한 시화호 사람들이 그랬고, 터전을 잃은 화옹호 사람들이 그랬듯이 생존권을 잃은 새만금 사람들 또한 이제는 자신들이 기만당했다는 것을 뼈저리게 느끼고 있다. 위도의 핵 쓰레기장을 유치하려는 사람들이 한 일을 생각해보면, 새만금을 추진하는 사람들에 대해서 정확하게 이해하는 일은 조금도 어려운 일이 아니다. 그 사람들이 바로 '같은 사람들'이기 때문이다.

2공구 1.7킬로미터를 남긴 채 다 메워진 방조제로 인해 갯벌은 이미 광범위한 죽벌이 되었고, 있던 갯것들은 사라지기 시작했다. 흔하던 백합은 구경하기 힘들어졌고, 새우들은 알을 낳지 못해 북방한계선으로 올라가기 시작했으며, 쉬어야 할 1,000만 마리의 철새들은 어디에 부리를 박아야 할지 주춤거리기 시작했다. 국민들은 내 동네 일이 아니면 본래 무관심했듯이 오래도록 역시 새만금은 남의 동네일이었다. 적어도 처절하게 진행되었던 삼보일배가 우리 사회에 생명가치에 대한 자각을 요구하기 전까지는. 새만금을 비롯한 우리 시대의 이 모든 일상화된 생명 파괴에 누구도 책임 없다고 말할 재간이 없다고 땅바닥에 몸을 던져 우리 모두에게 바른 의미의 참회를 촉구했던 삼보일배는 새만금이라는 진흙탕이 피워 올린 연꽃에 비견될 사건이었다.

다시 정색하고 묻는다. 새만금은 우리 시대의 무엇인가. '새만금'은 전북 군산과 부안 사이의 갯벌매립사업명의 통칭이다. 12년에 걸친 국민적 에너지의 탕진에도 불구하고 아직도 망집(妄執)의 억센 손아귀를 풀지 못하고 있는, 갯벌가치의 무지에서 비롯된 경제지상주의가 바로 새만금 사업의 내용물이다. 적잖은 사람들이 참으로 오랜 시간 동안, 참으로 다양한 방법으로 새만금 갯벌의 함께 품어야 할 가치, 오래오래 같이 누려야 할 가치에 대해 말하고, 호소하고, 부탁하고, 기도해왔다. 탐욕과 자만보다 더 아름답고 위대한 가치가 있다고 다양한 사람들이 다양한 방법으로 말했다. 우리 갯벌을 위해 다른 나라 사람들도 와서 갯벌의 영성을 나누고, 춤을 추고, 때로는 정부 청사 앞에서 1인 시위를 하기도 했다.

그래서 새만금은 이제 어느덧 전북 부안의 '새만금'이 아니게 되었다. 새만금은 우리 시대의 모든 웅비론(雄飛論)과 무책임과 편법과 호도와 적반하장과 어불성설과 부정과 탐욕과 거짓과 폭력, 그리하여 타넘지 않으면 한 걸음도 제대로 발을 뗄 수 없는 언덕의 대명사가 되었다. 예고된 재앙의 대명사가 되었다.

오로지 전진 공사만으로 서둘러 쌓은 4공구 방조제, 그리하여 세계 최고의 길이를 자랑하는 전체 33킬로미터 방조제 중 이제 1.7킬로미터밖에 남지 않은 새만금의 현실은 그 짓을 한 사람들이 내걸던 사업 목적이 증발했다는 면에서 국책공사를 빙자한 토목 범죄라고 우리는 단언한다. 들인 돈 1조 원이 아까워 5조 원을 더 쓰겠다는 해괴한 계산법이 이른바 전문가들의 이성이라면, 그것은 이성이 아니라 치유되기 힘든 광기라고 말할 수밖에 없다. 공사 집행 정지를 내린 법관에게 삿대질을 하는 국회의원을 우리는 그 토목 범죄의 공범자라고 생각한다. 새만금에 대해 여러 차례 말을 바꾼 노무현 대통령이 '마치 밀리면 큰일난다'는 듯이 보여주고 있는 강박증에 더 이상 희망을 품을 수는 없는 일이다. 그렇지만 오늘도 실낱같은 기대를 품지 않을 수 없다. 어쩌면 아직 해수가 유통되는 1.7킬로미터밖에 남지 않은 그 협소한 구간에서부터 우리 사회의 새로운 희망이 움트지 않을까 하는 가냘픈 희망, 말이다. 그 희망은 결단코 파괴와 낭비에 익숙한 이 소동을 일으킨 권력자들에 의해 실현되지는 않을 것이다. 그 희망은 삼보일배를 지켜보며 눈시울을 붉혔던 풀뿌리 서민들의 생명가치에 대한 발견과 다른 삶에 대한 확신으로부터 비롯될 것이다.

이 책은 바로 그 가냘픈 희망과 확신을 바탕으로 새만금이라는 재앙의 공동 책임자로서 우리에게 과오로부터 제대로 배우고 다시 시작할 수 있는 능력이 있는가, 없는가를 질문하기 위해서 기획되었다. 새만금은 우리더러 새만금에 주저앉을 것인가, 새만금을 타넘고 새로 시작할 것인가, 묻고 있다. 새만금을 들여다보면 우리 사회가 보인다.

덧붙이는 글 _____

이 글은 필자가 일하는 풀꽃평화연구소(대표: 정상명)에서 엮어 돌베개에서 발행한《새만금, 네가 아프니 나도 아프다》에 붙인 발문이다. 새만금 방조제가 야간공사로 급하게 킹행되어 갯벌에 바닷물 유입이 차단되자, 갯벌은 잃어도 어떻게 갯벌이 파괴되었는가를 책으로 남기자는 마음으로 다섯 분이 모였다. '박병상, 예진수, 최미희, 최성각, 최성일'이 그들이다. 이 글은 그 책의 머리글을 필자가 대신 집필한 것이다. 2003년 10월의 일이다.

서울시 면적의 3분의 2, 여의도의 140배 면적의 살아 있던 갯벌을 방조제로 메워 죽인 새만금은 1989년 '새만금 기본계획 수립'으로 시작하여 2010년 세계에서 가장 긴 방조제를 준공한 이후, 2021년 현재 총 사업비 22.19조 원을 들여 개발사업을 벌이려고 하고 있다. 생태환경보존, 산업연구, 첨단농업 육성, 관광, 레저 등의 사업 계획을 세우고 있으나 예산 부족으로 현재까지 약 15퍼센트 미만 매립 상태이며 국비 10.91조 원과 민자 10.33조 원의 조달이 수월치 못해 개발 속도가 나지 않고 있는 상황이라고 한다(자료: 새만금개발청).

죽이지 않아도 될 갯벌을 농지가 부족하다는 이유로 급하게 강행한 방조제 준공으로 죽인 후, 새만금 갯벌은 2021년 현재 '버려진 죽음의 땅'이 되어버렸다. 그래서 환경운동가들은 일찍이 새만금 사업을 '범죄'라고 단정했으나 이 거대한 토목 범죄를 책임지는 사람은 한 사람도 없다. 지금이라도 방조제를 털어내면 갯벌은 살아날 수 있다.

이제 그만 멈추시라,
이 산천이 본디 그대의 것이 아니었으니

강은교 외 28명 지음,
한국작가회의 저항의글쓰기실천위원회 엮음,《강은 오늘 불면이다》,
아카이브,
2011년

시인과 작가들이 모였다. 살아온 내력이나 생각하는 것이나 써
온 글들이 각기 다른 글쟁이들이 한데 모이는 일은 자주 있는 일
은 아니다. 그런데 이번에 생면부지의 여러 글쟁이들이 한 권의
책 속에 함께 모인 것은 순전히 오늘 이 땅에서 벌어지고 있는 끔
찍한 국토 파괴 때문이다. 글쟁이들이 한 주제를 내걸고 글로 모
이다니. 더욱이 그 주제가 '강'이라니 이는 실로 예사롭지 않은
일이다. 그렇지만 반가움보다는 먼저 슬픈 감정이 앞선다. 21세
기 벽두 한반도에서 '강'이라는 주제가 함의하고 있는 야만성 때
문이다.

　한반도 남녘에 국가가 생긴 이래 대규모 국토 파괴의 역사는
사실 새삼스러운 일은 아니다. 한편으로는 산림녹화를 하면서 다
른 한편으로는 나라 전체를 산업기지로 만든 박정희 독재 시절 때
부터 이 나라 산천은 천천히 몸살을 앓기 시작했다. 그는 굴뚝에
서 푸른 하늘에 뿜어져 나오는 검은 연기를 바라보며 "이제 가난

에서 벗어나게 되었다"고 감격해 눈시울을 적시던 사람이었다. 공업화에 대한 그의 열망과 검은 연기를 바라보며 그가 흘린 눈물 때문에 그는 아직도 절반가량의 국민들에게는 그리움의 대상으로 남아 있다. 무슨 명분이었든 이 나라 산천을 오로지 조기 공업화 달성의 목적으로 활용해오던 그가 흉탄에 사라지고, 수년 후 새롭게 시작된 이른바 민주 정권 때에도 잘 자란 숲을 베고, 멀쩡한 갯벌을 메우는 일은 줄기차게 계속되었다. 국토 파괴의 이력으로 볼라치면, 독재 정권이나 민주 정권이 대차가 없었다. 국가의 목적이 부국강병이라는 대의에서는 어떤 정권도 일말의 양보가 없었기 때문이다.

하지만 이번에 새로 나타난 권력자가 원인이 되어 감행되고 있는 국토 파괴는 그 맹목성과 폭력성, 그리고 그 사기성으로 보아 파괴라는 면에서는 같지만, 종전의 국토 파괴와는 그 규모와 질이 다르다. 안타까운 일이지만, 현재로서는 당장에 어쩔 수 없는 일이긴 하지만, 그는 권좌에 오르면 안 될 사람이었다. 그가 살아온 내력과 그의 품행 때문에도 그렇지만, 대통령이 된 뒤에 하는 짓은 목불인견을 넘어 매일같이 경천동지할 일의 연속이기 때문이다. 그는 누구인가. '이명박 정권'이라 부를 수도 있고, '이명박'이라 부를 수도 있다. 문인들이 그가 벌이는 사업 때문에 이 책에 모인 마당이라, 더욱이 강의 파괴에 이토록 무섭게 집착하는 것은 누구보다도 그의 그릇된 확신에서 비롯된 바 지대하므로 나는 오로지 그에게만 과녁을 맞춰 이 문제에 직면하고자 한다.

　　그는 본디 정직한 사람이 아니었다. 쉽게 말하면, 부패한 사람이었다. 그런 사람이 절대권력자가 된 것은 그를 뽑아준 이 나라 '30퍼센트대의 사람들' 역시 공의(公義)보다는 사익(私益)을 지키고 늘리는 데 관심이 더 많은 부패한 사람들이었기 때문이다. 그렇다고 그를 뽑지 않은 사람들이라 해서 투표를 하지 않았거나 다른 마땅한 이를 찾아내지 못한 책임에서 자유로울 수는 없다. 연유야 어찌됐든, 가히 우리 시대가 그를 선택했다고 말해야 옳을 것이다. 창조의 능력보다는 파괴의 능력이 승한 인물을 뽑을 수도 있는, 최소한 이런 대의제 민주주의제도에서는 그렇다. 이른바 보수층이 그를 지지한다고 하는데, 지킬 만한 가치가 있는 좋은 것들을 지키려는 이들이 보수층이라면, 이 나라 보수층에게 자연(잘 흐르는 강)은 지킬 만한 가치의 목록에서 제외되는 모양이다. 귀를 막고 그가 강행하고 있는 파괴의 역사(役事)를 외면하는 것을 보면, 이 나라 보수들이 '가짜 보수'라는 게 바로 증명된다. 어쨌거나 이런 상황이 시대운(時代運)이라면 지금 우리는 참으로 고약한 시대를 맞이한 셈이다. "박정희 때보다는 그래도 낫다"는 말을 함부로 하지 말자.

　　권좌에 오르더니 그는 가장 중요한 일이 오로지 그것이라는 듯이 강에 손을 대기 시작했다. 그러기로 공약했는데, '압도적 표차'로 자신을 뽑아주었으니 강이든 산이든 나라 살림살이든 뭐든 제멋대로 해도 된다고 그는 생각했다. 그들은 2위와의 '압도적 표차'를 자주 '압도적 지지'로 오인되도록 선전함으로써 비판과 견제를 원천적으로 봉쇄했다. 우리가 이 땅에 나타나기도 전에, 이 땅에 사람이 살기도 전부터 그렇게 생겨먹은 동고서저(東高西低)의 한반도 중 그 남녘땅을 그는 자신의 임기 중에 아예 새롭게 형질변경하려고 하고 있다. 국토는 그에게 아무런 요구도 한 적이 없었고 애걸한 적은 더욱이 없었건만, 그는 국토를 "업(up)시켜야 한다"고 말했다. 이 나라 산천은 결단코 그의 소유가 아니건만, 그의 임기보다 몇만 배는 오래갈 산천을 그는 사유화했다. 본디 만물을 '짚으로 만든 개(芻狗)' 정도로 가볍게 여기는 것은 인자하지 않은 자연(《노자》 제5장)의 성질이건만, 이 사람이 자연을 대하는 방식이 바로 그랬다. 도대체 어떻게 형성된 사람이길래 이토록 당차고 얼토당토않은 야심을 품을 수 있단 말일까? 이런 야심의 뿌리는 대체 어디에 근거하고 있을까? 도대체 누가 그를 키웠을까? 한강은 동에서 서로 흐르고, 낙동강은 북에서 남으로 흐르는데, 그 사이의 산맥을 파헤쳐 낙동강과 한강을 접붙이겠다고 그는 기염을 토했다. 그는 땅의 중매쟁이인가? 우리 삶을 매우 왜소하고 피로하게 만들 뿐 아니라 항용 비탄에 잠기게 하기 때문에 자주 강조하고 싶은 마음은 털끝만큼도 없지만, 그의 손은 본디 깨끗한 손이 아니었잖은가. 온 세상을 파헤치고 뒤엎고 짓밟은 뒤, 그것을 개발이고, 발전이고, 번영이라고 생각하는 사람이 그가 아니었던가. 그 손으로 무엇을 건들든, 돈만 만들면 그만이라고 생각하는 사람이 바로 그였다. 그는 또한 그의 흑심에서 입을 통해 발음되는 대로 말하는 거침없는 사람이다. 그는 산정(山頂)에 올라 "아직 개발할 곳이 많다. 걱정 없다"고 읊조리는 사람이었다. 그뿐인가. 그는 자주 말을 바꾸기로도 유명한 사람이다. "당선되기 위해 무슨 말인들 못해요?", 사람들 머릿속에 오래 기억될 그의 어록 내용 중의 하나다. 거짓말을 하는 것이 진실을 말하는 것보다 익숙한 이가 그분이다. 취임 직후 100만 명의 사람들이 촛불을 들고 광장에 모이자 그 위세에 잠시 짓눌려 그는 청와대 뒷산에 홀로 올라 결심한 것을 선심 쓰듯 발표했다. "(공약이긴 했지만) 대운하를 포기하겠다"고. 그리고 그는 이내 '4대강 살리기'라고 말을 바꿨다. 비극의 시작은 어쩌면 말 바꾸기가 완수된 이때부터였는지도 모른다.

그가 서울시장으로서 "서울시를 하나님에게 봉헌하겠다"고 말하던 시절의 일이긴 하지만, 김대중 정권의 요구로 노태우 정권 때부터 시작되어 노무현 정권 때 물막이 공사를 마친 새만금 갯벌 죽이기 사업에서 그가 힌트를 얻었을까? 당시 갯벌을 살리기 위해 애쓰던 사람들은 10여 년에 걸쳐 '갯벌 살리기 운동'을 가열차게 벌였다. 그렇게 바른 캐치프레이즈를 내걸고 의사 표현을 하자 갯벌을 메워 땅장사도 하고 골프장도 지으려던 자들은 졸지에 갯벌을 '죽이는 자'들로 규정되어버렸다. 당시 국토 파괴자들이 죽임의 세력들로서 수세에 몰리면서 느꼈던 갑갑함에서 교훈을 얻었을까? 도저히 결합할 수 없는 '녹색성장'이라는 기막힌 형용모순도 그렇지만, 그가 "4대강을 살리겠다"고 하자, 4대강

188

이 한 번도 죽어 있었던 적이 없었기에 그 말이 애당초 허구에 가득 차 있었건만, "그러면 안 된다"고 말하는 이들의 비판과 호소에 담겨 있어야 할 약발이 순식간에 빠져버린 것이다. 천문학적인 돈을 들여서라도 기어이 강을 살리겠다는 기묘하고 단단한 그의 의지 앞에서 반대자들은 순식간에 잔말이 많은 사람들이 되어버리고 말았다. 문인들도 학자들도, 말의 오용과 적반하장이 불쾌하기 짝이 없었지만 '실제로는 죽이면서도 살린다'는 절묘하게 도착된 이 말의 선점에 나포되어버리고 만 것이다. 그 성공적인 말 바꾸기는 결국, 본시 먹고살기에 쫓겨 나랏일에 대체로 무심한 우리 이웃들로 하여금 "대통령이 강을 잘 살리겠다는데 어련히 잘 알아서 할까", "홍수도 막고 가뭄도 막고, 자전거 씽씽 달릴 생태공원, 좋잖아?" 하는 효과까지 어부지리로 얻어내고야 말았다. 4대강 살리기라는 말을 강에 손을 대려는 이들이나 강에 손을 대지 말자는 이들이나 같이 발화해야 하는 비극이 여기 있게 된 것이다. 그가 멀쩡한 강을 살리겠다고 소매를 걷어붙이는 순간 강은 죽어가기 시작했고, 그것을 되살리자고 외치는 순간, "이미 살리고 있잖아"라는 답변의 악순환이 되풀이되기 시작한 것이다. 도교(道敎)식으로 말하자면, 간교한 작위자(作爲者)와 무기력한 무위자(無爲者) 내지는 보존론자가 같은 말을 사용하게 된 것이다.

청와대 뒷산에서 내려와 강을 살리겠다고 언표한 이후 그가 임기 3년이 흐르도록 벌인 일들은 가히 탈법과 위법, 초법의 연속이었다. '2011년 우기 전에 기본 공사를 마치겠다'는 확고한 공사

일정에 맞춰 무리수를 두고 있는 안하무인의 공사 강행은 그 탈법
성과 위법성, 난폭함에서 가히 범죄라 할 만한 일들의 연속이었
다. 재앙은 차라리 뒷날의 일이 아니라 납득 안 되는 이유로 산천
에 손을 대기 시작한 초장(初場)부터 시작되었다.

그는 온갖 편법으로 예산을 증액함으로써 그 돈의 용처가 화
급한 부문들을 깡그리 외면했으며, 애당초 제대로 준비되지 않은
서류조차 끝없이 조작했고, 공사와 설계가 같이 진행되는 기상천
외의 어불성설을 감행하고 있으며, 자연을 대하는 최소한의 사회
적 양식이 담긴 모든 법률들을 헌 신발짝처럼 깡그리 묵살하고 위
반했다. 그가 펼치는 홍보 내용은 처음부터 끝까지 '시멘트 어항'
에 불과한 청계천 살리기가 그러했듯이 황당한 거짓으로 가득 차
있었다. 그러나 우리는 알고 있다. 가장 큰 그의 거짓말은 그가 끝
내 대운하를 포기하지 않고 있다는 것임을.

그의 이 무섭고 집요한 고집은 어디에 근거하고 있을까? 4대
강 토목사업을 강행하느라 발생한 모든 사회적 기회비용과 우리
당대에는 쉽사리 제 물길을 찾지 못할 자연의 훼손, 무모한 국론
분열을 간단히 무시할 만큼 그가 이 고집을 철회하지 못할 다른
커다란 이유가 있는 것일까? 오래도록 남을 사람들의 기억과 이
대파괴로 인해 불 보듯 뻔하게 야기될 자연의 대재앙보다 더 두려
워하는 대상이 그에게 혹시 따로 있는 것이나 아닐까? 떡고물을
같이 나눠 먹기로 밀약한 토목업자들에 대한 공포 때문일까?

도대체 누가 그에게 이런 절체절명의 사명감을 불태우라고 부

추기고 압박하고 있을까? 아무도 그를 압박하지 않았다면, 서울 시를 하나님께 봉헌하지 못한 개인적인 한풀이를 그는 시방 산천을 통해 이룩하려고 하는 것일까? 마치 하늘의 소명이라도 받았다는 듯이 그는 모든 우려의 소리에 오불관언하고 있는데, 이런 미증유의 자기파멸적인 토목공사도 소명이라면 이보다 흉악한 소명은 따로 없을 것이다. 도대체 어찌 한 사람의 힘이 이토록 온 나라를 마구잡이로 분탕질 칠 만큼 클 수 있단 말인가? 봉건시대 황제보다 더 막강한 권력을 무제한으로 허락하는 이 망할 시스템이 어찌 제대로 된 제도란 말인가? 참으로 야속한 일이로다. 하느님은 본시 지상의 인간사(人間事)에 간섭을 안 하시기로 유명한데, '그의 하나님'은 왜 유독 이와 같은 해괴한 소명을 그에게 내리셨을까.

그래서 아마도 이 책에도 기꺼이 참여하신 신경림 시인께서 "지금 이 공사를 추진하는 사람은 말할 것도 없고 막지 못하는 사람들도 천벌을 면치 못할 것 같은 두려운 느낌"이 든다고 토로하셨는지도 모른다.

이 책에 모인 문인들은 연령대도 전념하는 장르도 각기 다른 분들이시다. 내가 태어날 때 이미 작품 활동을 하기 시작한 노시인도 계시고, 내 20대 때 마르케스를 소개해주셨던 번역자 선생님도 계시고, '시인은 이렇게 생긴 사람이구나' 하는 감정으로 오래 들여다보던, 긴 머리의 흑백사진이 먼저 떠오르는 산문집《추

억제》의 시인도 참여하셨다. 대학 시절 니체와 테리 이글턴을 강의하시던 낚시광 선생님도 참여하셨다. 그뿐인가, "정 삽질을 하려거든 고비사막에 나무나 심으라"고 권고하는 친구의 기개 넘치는 글도 보이고, "한 2만 년쯤 뒤에, 폐석 조각들로 변해 있을" 댐의 미래를 처연한 문체로 상상하는 오래된 벗의 글도 담겨 있다. 어떤 작가는 강의 뿌리가 하늘이라는 것을 강조하기도 했고, 어떤 평론가는 풍수라는 시각으로 이 산천이 있는 그대로 존재해야할 이유에 대해 피력하기도 했다. '섬진강 시인'은 강에 비추어진 자신의 탁해진 얼굴을 슬퍼하고 있다.

이 책에 담긴 모든 글들은 비장하면서도 처연하다. 모든 글에는 곧 사라지겠지만 아직은 무소불위의 권력에 도취되어 자신이 저지르고 있는 무서운 일에 대해 잘 이해하려 하지 않는 저돌적인 토목권력자에 대한 혐오와 안타까움, 분노가 직정(直情)의 문체에 담겨 있다. 자신을 내세우기보다 자연에 대한 사랑이 앞설 수밖에 없었기에 이 글들보다 정직하고 겸손한 글도 흔치 않을 것이다. 그래서 이 책은 분노이면서 또한 기도이다. 이 기도 소리는 얼추 신음 소리같이도 들리지만, 그 간절함과 그 밑에 깔려 있는 근거 있는 항변으로 인해 아름답다. 모든 문인들은 여기 이곳에 누대에 걸쳐 살다 간 이들에게 그러했듯이 강이 자신을 만들었다고 낮은 목소리로 추억한다. 이 책에는 작위에 대한 반성이 있고, 무관심과 무기력에 대한 한탄이 있고, 그러면서도 연약해 보이지만 질긴 거미줄 같은 희망의 끈을 놓지 않는다. 강이 제대로 흐르지 않으면 다른 어떤 것도 제대로 흐르지 못하리라는 예감 때문에 생긴 희망, 말이다. 거짓을 혐오하고 그 힘에 저항하는 것이 문인의 원초적 책무라는 것을 외면하지 않은 여기 이분들로 인해 우리 문학이 아직은 죽지 않았다는 것마저 이 작은 책은 증거하게 되었다. 이 끔찍한 폭력 사태에 직면해 아무런 흔적도 남기지 않는다면 그것은 곧 한 글쟁이로서도, 한 인간으로서도 죄를 짓는 일과 같은 일이라는 데 동의한, 이 몇 안 되는 글쟁이들의 미약하고 낮은 목소리가 널리 읽혀, 마침내는 깊고 아름다운 메아리로 우리가 속해 있는 국가보다 더 오래가야 할 이 산천에 조용히 울려 퍼지기를 소망할 따름이다.

덧붙이는 글

이 글은 한국작가회의의 저항의글쓰기실천위원회가 기획한 《강은 오늘 불면이다》에 붙인 발문이다. 이명박 정권에서 자행된 폭력적인 4대강 파괴를 안타까운 마음으로 지켜보던 한국의 문인들이 더는 참을 수 없어서, 흘러야 할 강이 토목공사로 인해 죽어가는 데에 표한 조사(弔詞)가 이 책이었다. 시인 신경림·강은교·김용택, 비평가 전영태, 소설가 이시백·한창훈·하성란·한강·최용탁 등이 참여했다. 강(자연)을 위해 한 나라의 문인들이 이렇게 한데 모여서 공동의 분노와 기도를 올린 적은 흔치 않은 일이었다.

2021년 1월 18일, 대통령직속 국가물관리위원회(이하 물관리위)가 영산강과 금강의 일부 보를 해체하기로 의결하면서 방법과 처리 시기는 환경부가 지자체와 지역 주민, 시민단체 등과 협의하기로 결정했지만 정확한 시점은 확정하지 못하고 있는 상태다. 문재인 정권에서 "4대강 재자연화를 시작하기 어렵다"는 조명래 환경부장관의 발언(2021년)이 현실화된 것이다. 보 해체를 꾸물거리는 것은 곧 강을 살려야겠다는 의지박약을 드러내는 일로써 촛불정권이라고 자칭하는 정권의 자연관을 여실하게 보여주고 있다.

죽어가는 강으로 귀한 책
한 권을 얻었건만 슬프구나

송기역 글, 이상엽 사진,《흐르는 강물처럼》,
레디앙,
2011년

이 책은 한 시인과 사진작가가 2010년 4월부터 반년여에 걸쳐 사람의 이성과 감성으로는 도저히 납득이 안 되는 4대강 파괴의 현장을 찾아다니며 보고 듣고 담은 처절하지만 지극히 아름다운 기록물이다. 시인은 가슴속에 죽임의 처절함과 그로 인해 야기된 애끓는 슬픔을 담았고, 사진작가는 단 2년 만에 처참하게 변화해버린 이 나라의 강과 숲을 냉혹한 자세로 카메라에 담았다. 시인은 강과 함께 살아온 사람들을 만났고, 그 사람들의 볼을 타고 흐르는 눈물을 보았다. 그리고 그 눈물방울을 '세상에서 가장 작은 강물'로 여기며 동병상련했다. 사진작가는 기록을 자임했다는 단지 그 이유만으로 파괴로 인해 고통을 얻고 있는 이들로부터 오해를 받기도 했고, 비밀스레 공사를 강행하는 이들로부터는 모욕을 당했고, 때로는 어이없는 주먹질까지 낭했다.

나는 두 예술가가 자신이 보고 듣고 느낀 것만을 담겠다는 정직한 태도로 일관해 세상에 내놓은 이 뜨겁지만 슬픈 책으로 인해 너무나 벅찬 감동을 받았다. 이들은 최소한 이 기록에서만큼은 누구도 감행하지 못한 치열한 현장주의자들이었다. 비범한 이들은 책상 위에서 세계를 조망하겠지만, 보통 사람들은 제 발로 가서 제 눈으로 보고, 제 귀로 그곳 사람들의 목소리와 강과 숲이, 모래가, 급속히 사라지고 있는 생명 가진 것들의 목소리를 듣는 수밖에 없다. 그런 생체험의 나눔은 현장주의자이기를 포기한 이들로부터는 얻을 수 없다. 나는 해석하고 분석하고 가르치려는 사람들보다는 언제나 현장주의자들을 믿는다. 붓다나 예수도 기실은 탁상공론의 사람들이 아니라 치열한 현장주의자들이었다는 의미에서 나는 현장주의를 신봉하고 현장에 몸을 던진 이들의 말에 가장 큰 신뢰의 마음으로 귀를 기울인다.

그래서 이 책은 실감의 책이고, 그 실감이 사람의 가슴을 아프게 찌르고 울린다는 의미에서 공명의 책이다. 무엇이 공명되는가. 슬픔이다. 그래서 이 책은 부득불 슬픔의 책이라는 정의를 하나 더 보태야 한다.

시인과 사진작가는 이 험하고 고된 기록 작업을 자신을 위해 수행하지 않았다. 생업에 붙잡힌 세상 사람들 모두 어떻게 이 처참한 국토 파괴의 범죄 현장을 다 보고 샅샅이 살필 수 있을까? 모두가 보고 느끼면 좋으련만, 환경운동가 감병만 씨 말대로 그 파괴와 상처의 현장에서 회복과 치유와 구원의 힘을 얻을 텐데, 하는 소망에서 그 소망을 쉬이 썩지 않을 책에 담아 간직하고자 예술가들이 대신 간 것이다. 예술가들은 본시 사람들 누구에게나 그 마음속에 있는 것들을 대신 끄집어내 실물로 확인시켜주는 것이 본분인 이들이 아니었는가. 그런 점에서 이 책을 만든 시인과 사진작가는 그 본래적 본분에 더할 나위 없이 충실했다. 급하게 파괴되고 있는 산천의 목격자로서 헌신했고, 증언자로서 성실했고, 기록자로서 치열했으며, 인간으로서 정직했다. 파괴는 가치 없는 짓이며 그 과정이나 결과가 매우 흉악하지만, 파괴를 담은 기록은 이 책처럼 그것이 제대로 담긴 기록이었을 때 너무나 슬프고 아름답다는 것은 예상치 못한 아이러니이고, 서글픈 소득이 아닐 수 없다.

나는 권세를 지닌 이들과 토목 장사꾼들이 4대강에 손을 대면서 뭐라고 말장난을 했든, 이 대규모 산천 파괴가 범죄 행위였다고 단언한다. 본문 어느 대목에도 지금 이 사태는 한 나라가 외세에 강점되고 유린되는 것에 비견해야 할 일이 아니겠는가, 그런 대목이 나온다. 나라가 외세에 강점당할 때 오로지 저항이 의무이듯이 4대강 파괴에 저항하고 중지를 촉구하고, 파괴의 현장을 철저하게 기록하는 것은 허락된 유일한 의무일 수밖에 없다. 저항의 신성성이라 해도 좋겠다. 속도전을 내 숲을 무너뜨리고, 강물을 막고, 모래와 골재를 퍼내는 이들조차도 왜 이런 공사를 하고 있고, 왜 해야 하는지 잘 모르고 있었다. 민족중흥을 위해서도 아니고, 국토의 재건을 위해서도 아니고, 가뭄과 홍수를 위해서라곤 하지만 그것도 단지 새빨간 핑계일 뿐이라는 것을 공사장 인부들도 잘 알고 있었다. 널리 알려져 있듯이 산천 파괴의 역사는 사실 어제오늘의 일은 아니다. 공업사회로 빠르게 진입하는 것만이 사는 길이라고 철석같이 믿는 그 순간부터 자연은 단지 자원가치로 간주되기 시작했다. 숲이 베어지면서 산은 허물어지기 시작했고, 폐수를 내뿜는 공장이 빠르게 건설되기 시작했고, 굴뚝에서 내뿜는 연기는 곧 성장을 상징하는 은총의 연기로 축복받기 시작했다. 건설과 증산, 개발과 성장가치는 사람살이의 토대를 무너뜨리면서도 한 치의 의심 없이 강화되고 부추겨져야 하는 유일한 시대가치였다. 그것은 널리 알려져 있듯이 독재 정권이나 그후 간신히 고개를 쳐들었던 이른바 민주화 정권 시절이나 진배없었다. 자연을 대하는 태도들에서 그들은 두 얼굴의 한 뿌리 형제들이었다. 그 끔찍한 형제 결속은 어떻게 가능했을까? 동시대의 보통 사람들이 그들더러 개발과 성장의 선봉이 되어달라고 열렬한 얼굴들로 의탁했기 때문이다.

그래서 4대강 파괴는 정확하게는 이명박 정권의 수장인 '이명박' 개인의 책임이 가장 심대하지만, 안하무인이고 고집스럽다는 의미에서 참으로 특별한 인성을 지닌 그의 파멸적 행위에 제때 제동을 걸지 못했을 뿐 아니라 무기력과 무관심으로 동조했던 우리 시대 모두의 책임이라 할 만하다. 그런 점에서 우리 모두는 경중의 차이야 있겠지만 이 범죄의 가담자라는 자책에서 누구도 자유로울 수 없다. 나는 왜 4대강 파괴를 거대한 범죄 행위라 자주 단언하는가? 이 책에 담긴 부드러운 시정으로 정제되어 있지만 치밀한 현장의 이야기들과 피 끓는 강안 사람들의 절규, 강을 지키기 위해 애쓰는 사람들의 분노와 깨달음의 목소리들, 이 책에 담긴 처참한 상처의 풍경들을 만약 마음속 깊은 곳의 양심의 눈으로 잘 헤아려 살피기만 한다면 누구나 어렵지 않게 공감할 수 있으리라 믿는다.

　글로, 때로는 사람들 숲에서 기회 있을 때마다 줄기차게 말해 왔지만, 이 산천은 이명박 정권의 것이 아니다. 토목업자들의 것도 아니요, 땅 투기꾼들의 것도 아니요, 그렇다고 우리의 것도 당연히 아니다. 산천은 본시 누구의 소유도 아니다. 산천이 한 번도 우리를 소유한 적이 없기 때문이다. 다시 말하건대, 우리는 결단코 이 산천의 주요인물이 아니다. 관리자도 아니고, 통솔자도 아니다. 이 산천에서 이익만 뽑아낼 투기꾼도 아니다. 다만 확실한 것은 우리가 이 산천에 속해 있을 뿐이라는 사실이다. 우리 목숨이 바로 이 산천에 의지하고 있고, 산천은 우리를 포함해 모든 생명체들을 무심하게 품고 있다는 점에서 우리는 단지 짧은 한순간의 기생자일 뿐이다. 이것이 가장 간명한 산천과 사람 간의 관계이고, 이게 결국은 전부 다인 것이다. 누가 무슨 권한으로 이 산천을 이토록 거칠고 철저하게 분탕질할 폭력을 허락했을까? 지금 천문학적인 돈을 들여 무자비하게 없애고 죽인 것들이 본래대로 회복되는 데 얼마만 한 시간이 걸릴까? 이 불필요한 비용을 낭비한 죄악을 과연 누가 책임질 수 있을까? 무슨 까닭으로 이 가증스러운 산천 파괴 장사에 우리는 이 지경으로 둔감하고, 무기력해졌는가? 강을 죽이고, 강에 붙어 누대를 살아왔던 사람들을 피눈물 흘리며 서로 헤어지게 만들고, 서 있는 강인 숲을 베고, 흐르는 숲인 강에 포클레인을 집어넣어 불필요할 뿐 아니라 과도한 준설로 모래 장사를 하고, 우리보다 더 오랜 시간 강과 함께 살아온 생명체들을 일거에 죽이고 사라지게 하는, 이 범죄의 시대에 또한 우리는 돈 때문에 산 것들을 산 채로 파묻는 살처분까지 감행하고 있다. 일찍이 맹자는 "측은지심이 없으면 인간이 아니다"라고 단언했다. 그 말을 거울로 지금 우리 시대를 살펴본다면, 우리는 지금 인간도 아니다.

이 책은 그래서 그럼에도 불구하고 여전히 우리는 인간이라는 항변의 책이기도 하다. 쓸쓸하고 슬프다. 우리도 인간이냐는 질문을 해야 하는 시절은 너무 비참하다. 우리도 인간이라는 것을 증명하기 위해 다시는 이런 슬프고 눈물나는 책이 묶이지 않았으면 좋겠다. 이명박 시대도 우리 삶의 일부이다. 이 시대를 흘려보내면서 우리 삶에 이 책만큼은 우리의 일부인 양 같이 흘렀으면 좋겠다. 4대강 파괴의 확신범인 이명박 대통령이 이 책을 탄생시

200

켰기에 그는 본인의 의사와는 관계없이 원인 제공자로서 책의 공동 저자라 말할 수 있다. 이미 충분히 넉넉한 그에게 인세까지 챙겨줄 필요는 없겠지만 이 책의 저자는 사실인즉 이명박 대통령이라 우리는 역설의 어조로 명토 박아놓는다. 그가 권력을 잡은 이래 그 잠시 사이에 무슨 짓을 했는지 지금은 잘 모르고 있으므로 그보다 몇천 배 더 긴 시간 이 세상에 남아 있을 이 책이 한때 그가 한 일을 가감 없이 증거할 것이므로, 그는 결국 이 책에 사로잡힌 셈이다. 4대강 파괴라는 범죄 행각의 직접 가담자는 아니지만, 우리 또한 미필적 고의의 태무심한 방관자로서 이 책에 덜미 잡혔다. 그러나 이 책을 통해 진상의 아주 작은 일부나마 감지할 수 있게 되었으므로 일말의 책임감이라도 느낀다면 우리의 질병 같은 무기력과 인간으로서의 최소한의 죄의식은 어느 정도 탕감될 수도 있을 것이다. 그래서 이 책은 매우 시정 어린 침착한 문체와 설명이 필요 없는 사진으로 인해 슬프고 눈물겹고 아름다운 책이지만, 무서운 책이라 말해도 된다.

이 부드럽고 무서운 책을 만들어내는 데 자신이 지니고 있는 것을 아끼지 않은 사람들, 우리를 공감으로 눈시울 적시게 만든 상처받은 강안 사람들, 강을 지키는 것을 본업으로 받아들인 이 나라 구석구석에 질경이처럼 굳세게 버티고 있는 여러 환경운동가들에게 우리는 결국, 빚졌다.

우리 산하가 지금 격심하게 고통받고 있으므로, 고통의 현장
이 잘 담겨 있는 이 책을 서둘러 구입해 살피고 널리 퍼뜨리는 것
은 이제부터 우리 의무다.

5
부

꿈꾸는 것 자체가 여전히 희망이다

뭣이라고?
제국의 안정으로 평화가 온다고?

니얼 퍼거슨,《증오의 세기》,
이현주 옮김, 민음사,
2010년

책이 하도 거창하기에 나 역시 조금 우스꽝스러울지라도 덩달아 거창하게 말한다면 '21세기 첫 10년의 연말과 새로 맞이한 연초'를 니얼 퍼거슨의 책을 보면서 보냈다. 니얼 퍼거슨이 누구인가? 1964년생이라니 나는 그를 내 나이를 기준으로 '젊은 학자'라고 이해하기로 했다. 니얼 퍼거슨은 영국에서 태어나 옥스퍼드대학교 모들린 칼리지에 장학생으로 입학해 최우등으로 졸업했다. 2020년 현재 하버드대학교 역사학과 교수로 재직 중이다. 영국의 한 정치평론지에서는 저자를 '최고 지성 100인'으로 뽑기도 했고, 역사학자로서는 이채롭게도 《금융의 지배》, 《현금의 지배》 같은 책도 저술했는데, 그의 폭넓은 학문적 관심은 20세기에 유독 대규모로 거듭 일어난 전쟁과 '인종청소'라 불리는 끔찍한 학살의 원인을 외골수 역사학자들과는 다르게 푸는 데에도 작동하고 있었다. 한편, 퍼거슨의 제국론, 즉 열강이 식민지를 정복하는 것은 어쩔 수 없는 일이라는 주장으로 인해 그는 좌파로부터 '더러운 제국주의자'라는 비판을 받고 있다. 동시에 "마르크스는 나의 큰 학문적 우상 중 하나"라는 계량적 관점으로 인해 우파적 마르크스주의자로 설명되기도 한다.

그런 비판에 아랑곳하지 않는다는 퍼거슨이 여러 기관과 여러 사람들의 도움을 받아 자그마치 10년에 걸쳐 쓴 책은《증오의 세기》, 원제는 'The War Of The World : Twentieth -Century Conflict and the Descent of the West'이다. 여기서 원제를 밝히는 까닭은 번역물의 경우, 붙여진 제목이 때로 원제와 너무 동떨어진 예도 많기 때문이다. 이 책의 한글 제목은 원제를 외면하지 않았다. 문제는 책의 분량이었다. 무지막지하게 두꺼운 책이었다. 영문으로 된 '자료와 참고문헌', 그리고 저자의 '감사의 말'까지 합쳐 자그마치 940쪽 분량에 본문만 840쪽이다.

꼭 이 책을 지목하는 것은 아니지만 말이 나온 김에 이런 번역서나 대중적 학술서적의 권말에 어김없이 원어로 붙이곤 하는 방대한 분량의 '자료와 참고문헌'은 종이 낭비가 아닌가 싶다. 번역서에 붙어 있는 원서의 참고문헌과 자료를 참고하거나 자료로 삼을 필요가 있는 사람이라면 원서를 통해서도 찾아볼 수 있을 것이기 때문이다. 하지만 이 의견은 한글로 된 책에 수록되어 있는 영문 자료까지 챙겨볼 필요를 한 번도 느껴보지 못한, 평범한 독자의 성가신 소견쯤으로 간주해주기 바랄 뿐이다.

1억 8,800만 명의 비극

나는 담배를 즐겨 피우던 다른 이들처럼 새해 들어 이른바 '휴연 (休煙)'을 할 작정이었다. 금연(禁煙)은 너무 높은 산이라 휴연의 언덕쯤은 기어이 오르려고 12월 하순이 되자 굳게 작심하고 있던 터였다. 이 책이 만약 건강이나 사랑에 관한 책이었다면 어쩌면 휴연에 성공했을 것이다. 그러나 이 책은 지난 100년간 이 행성에서 일어났던 인간 종끼리 벌였던 끔찍하고 처절하고 지독하고 무서운 살육사에 대한 내용이었다. 바로 지난 100년의 전쟁사, 혹은 인간이 인간에게 가할 수 있는 극한의 잔혹사를 다룬 책이었다. 책을 덮고 나면 이 책은 서양인의 시각에 의해 씌어진 일종의 '제국론'이라는 것 또한 알게 된다. 후에 알았지만, 니얼 퍼거슨은 이 책보다 먼저 영국의 제국주의를 다룬《제국》(김종원 옮김, 민음사, 2006년), 미국의 현대제국주의를 다룬《콜로서스》(김일영·강규형 옮김, 21세기북스, 2010)도 썼으니, 이번 책은 그의 제국론의 결정판이라 해도 될지 모르겠다. '재수 없는 시각을 지닌 백인 제국주의자'로 간단히 치부해버리기에는 그가 모아놓은 지난 세기 100년에 인간 종이 저질렀던 살육의 기록은 그 자체의 가치를 지니고 있다고 본다.

이 꼼꼼하고 방대한 살육의 기록은 지난 100년간 두 차례 세계대전(1차대전은 유럽전쟁이라 해야 옳겠지만)과 그 이후에도 끝없이 진행된 '인종청소' 등으로 죽은 이들을 자그마치 1억 6,700만 내지 1억 8,800만 명으로 추정하고 있었다. 이러한 수치는 저자도 '역사적 관점에서 본 세계 전쟁'이라는 제목의 부록에서 밝히고 있듯이 단지 추정치일 뿐이며, 그 이전 전쟁들의 사망자 수치는 더더욱 믿기 어렵기에 '논란의 여지 없이 확실치는 않다'고 봐야 할 것이다. 저자에 의하면, 역사가들이 계산한 사망자 수는 대개 뺄셈으로 얻어진다고 한다. 즉, 인구센서스 수치나 믿을 만한 추정치를 이용할 수 있는 경우, 전쟁이나 다른 폭력 사건 이전의 인구에서 이후의 인구를 빼서 계산한 것이다. 그리고 왕왕, 태어날 수도 있었을 텐데 학살로 인해 태어나지 못한 '사람들'까지 계산하기 때문에 사망자 수가 부풀려지는 경향이 있다(831~832쪽)고 밝히고 있다. 설사 부풀려졌다고 해도 이런 추정치가 아주 무책임하고 비난받아 마땅할 추정은 아니라고 할 만큼 20세기 100년 동안의 폭력의 정도는 그 이전과는 비교할 수 없을 만큼 대량 살상이었다는 데에 많은 이들이 공감할 것이다.

　책을 넘길 때마다 수많은 사람들이 죽어갔다는 수치가 나오곤 했다. 이 책에 동원된 거의 모든 아라비아 숫자는 책의 쪽수를 제외하고는 사망자를 지칭하는 숫자와 그 연도였다. 책의 아무 쪽이나 펼쳐도 쉬지 않고 죽은 이들의 숫자가 박혀 있어 다른 사람을 죽이는 인간의 놀랍고도 무서운 에너지에 전율하게 된다. 나중에는 너무나 많은 사람들이 너무나 여러 곳에서 너무나 잔인하게 서로 죽이고 죽었다는 사실에 무감각해져버려 최초의 놀라움이 퇴색해진 데 대한 색다른 비애감에 젖게 된다. 아우슈비츠에서도 처음에는 사람을 죽이는 일이 너무나 끔찍해 토하고 형장에서 뛰쳐나가는 절멸부대 나치 병사가 있었지만 나중에는 모두 학살에 익숙해져서 농담을 하고 음악을 들으면서도 사람을 죽였다. 독자들 역시 100년 동안의 거듭되는 학살의 참극에 익숙해지다 보니 나중에는 몇만 명의 사람이 죽었다는데도 무덤덤하게 책장을 넘기는 기이한 체험을 하게 된다.

그런데 이상하게도 이 책이 워낙 차분하고 담담한 어조로 학살의 내용을 전달하고 있어서인지 피 냄새가 진동하는 책으로 느껴지지는 않는다. 책에서 피 냄새가 나지 않는 까닭은 아마도 저자가 감정 개입을 상당히 억제하고 있기 때문일 것이다. 아니다, 틀린 말이다. 이 세상에 저자의 편향과 감정 개입이 완벽하게 억제된 책이 어디 있을까? 저자는 영국, 미국 등 이른바 연합국 측을 기술할 때와는 달리 추축국(樞軸國)인 독일의 히틀러, 그리고 일본제국주의를 다룰 때에는 적대감과 혐오감을 감추지 못하고 있었다. 사이비 과학으로 판명된 우생학이나 인종위생학 따위에 빠져 유대인 절멸사업을 감행한 광기 어린 히틀러를 묘사할 때 특히 그랬다. 그뿐인가. 극동의 황인종인데도 불구하고 세계열강들의 각축에 뛰어든 놀라운 일본(인)에 대해서는 같잖다는 어조를 딱히 그 표현에서가 아니라 분위기에서 어렵잖게 느낄 수 있었다. 그에 반해 영국이나 미국이 지난 세기에 자행한 대단히 못된 짓에 대해 저자는 다루기는 다루되 표가 나도록 관대한 태도를 보이고 있었다. 분량에서도 그랬고 내용에서도 그랬다.

너무 많은 사람들이 이 미친 학살극에서 희생되었다는 인간에 대한 절망감도 느꼈지만 책을 읽는 내내, 그리고 마침내 900쪽이 넘는 책을 덮는 순간 내게 엄습한 감정은 영미제국권에 속해 있는 저자의 편견에 대한 참을 수 없는 불쾌감 같은 것이었다. 학자든 정서적 글을 쓰는 문인이든 이 세상에 누가 편견이 소거된 글을 쓸 수 있을까? 냉정하고 침착한 기술 속에서도 나는 저자에게서 끝없이 '백인'을 느껴야 했다. 이를테면 에릭 홉스봄이나 하워드 진에게서는 백인을 느끼지 못했지만 니얼 퍼거슨에게서는 그랬다. 그것은 균형감각을 지닌 역사학자들로부터 그가 '대중적인 우파 역사학자'라고 매도당하는 것과 무관하지 않다고 본다. 퍼거슨은 백인 제국주의자임에 틀림없었다.

"너무 사랑해서 학살했다"

저자의 질문은 인간의 진보가 확실시되던 20세기 초반에 어떻게 인류 역사상 이토록 끔찍한 최악의 폭력과 살육이 자행될 수 있었는가, 그 원인은 무엇인가에 집중되어 있었다. 그는 20세기 초반 이 행성에서 벌어진 인간의 인간에 대한 극단적인 잔혹사를 인종과 민족 갈등, 경제적 변동, 제국의 쇠퇴라는 세 가지 원인으로 접근하고 있었다. 실제 20세기는 인간이 벌인 최대의 야만적 학살이 자행된 2차대전과 1차대전, 소련과 나치의 대량 인종청소, 멕시코혁명전쟁을 비롯해 중일전쟁, 난징대학살, 중동전, 이란 이라크전, 한국전쟁, 아프리카의 내전들, 캄보디아 킬링필드, 베트남전, 그리고 미국의 조종에 의한 라틴아메리카의 양민 학살, 역시 미국에 묵시적 허락에 의해 자행된 동티모르 대학살, 소련의 아프가니스탄 침공, 앙골라, 보스니아의 폭력 사태, 중국의 문화대혁명, 그리고 어김없이 모든 학살 장소에서 자행된 강간 살해와 생체실험 등으로 얼룩졌다.

　그런 점에서 문명의 발달과 진보가 인간의 잔혹성과 야만성을 약화시키리라고 기대했다면 그런 기대에서 비롯된 20세기 전쟁과 학살에 대한 의문은 지나치게 순진하거나 공허한 말장난이 된다. 진보가 곧 '평화의 진보'가 아니었기 때문이다. 뛰어난 서구 문명과 서구가 다다른 높은 교양은 널리 알려져 있듯 식민지 착취와 끝 모를 탐욕의 부산물이었기 때문이다. 제국의 역사학자였기에 그랬을까, 그의 경우에는 이른바 좌파 역사학자들에 비해 그런 상식적인 역사 이해가 매우 미약하다. 그런데 저자는 인종주의의 뿌리, 즉 다른 인종에 대한 증오가 근거 없는 우생학에 기반하고 있다는 것을 풍부한 자료를 동원해 설득력 있게 제시한다. 그리고 유대인 혐오의 경우, 나치만 어이없고 도착적인 인종 우월주의에 빠져 있었던 게 아니었음은 경악할 일이라고 역설한다. 유럽의 거의 모든 나라들이 한결같이 중증의 유대인 혐오증을 앓고 있었던 것이다. 니얼 퍼거슨은 유럽의 보통 사람들이 드러내 준 유대인 혐오라는 협조가 없었다면 히틀러의 기반이 무너졌을

212

것이라고 여러 군데에서 강조한다. 다수의 협력자들은 언제나 제국(帝國)의 불가결한 요소였던 것이다. 중국인에 대한 일본인의 혐오 역시 근거가 없기는 마찬가지였다. 나치나 유럽의 제국들은 유대인을 병균으로 간주했고, 일본인은 중국인을 열등한 인간쓰레기로 취급했던바, 그런 광기 어린 어불성설이 어디 있을까.

극동 국제군사재판부는 1938년 12월 일본군이 난징에 입성한 이래 5주 반 동안 계속된 난징대학살로 26만 명이 넘는 민간인이 일본군에 의해 목숨을 잃었다고 추정했는데, 이는 2차대전 전기간에 죽은 영국 민간인의 네 배가 넘는 수치였다.(630쪽) 8,000~2만 명이 강간을 당했고, 하룻밤에 평균 1,000여 건의 강간 학살이 일어났다. 강간 직후 곧바로 학살로 이어진 '쾌락 살인(lust murder)'은 기실 일본군만의 특성은 아니었다. 유럽에서도 소련에서도 남미에서도 마찬가지이긴 했다. 저자는 난징대학살을 에도 말기(메이지 이전)의 토착문화와 독일에서 빌려온 인종 이론이 뒤섞여 일어났다(632쪽)고 보고 있다. 경악할 일은 전쟁이 끝난 뒤, 난징의 강간과 학살로 교수형을 선고받은 마쓰이 대장이 재판정에서 한 말이다.

○○● 일본과 중국의 투쟁은 언제나 '아시아계 가문' 내 형제들의 다툼이었다. (…) 긴 세월 동안 나는 이 전쟁을 중국인들이 자기반성을 하게 만드는 방법으로 간주해야 한다고 믿게 되었다. 그들을 증오해

서가 아니라 반대로 너무나 사랑하기 때문이다.(633~634쪽)

사랑하기 때문에 2만여 명의 중국인을 강간하거나 학살하고, 더러는 일본도(日本刀)만으로 누가 먼저 더 많은 한족들의 머리를 벨 수 있는가, 장교들이 경기를 벌였다고 말하고 있었다. 비무장 민간인인 중국인 100명의 목을 치는 경기에서 어떤 장교가 이겼는지 쉽게 합의가 안 되자 죽일 희생자들의 숫자를 다시 150명으로 늘렸다. 총 500명의 목숨이 필요했던 그 참살 경기는 일본 언론에 의해 마치 스포츠 중계를 하듯 보도되었는데("중국인 100명 죽이기 시합에 나선 중위들이 호각지세의 실력을 보여주다"-《도쿄니치니치신문(東京日日新聞)》, 1938년 12월 7일자), 이 모두가 일본인이 중국인을 오래된 형제로서 너무나 사랑했기 때문에 반성을 촉구하기 위해 저지른 사랑의 행위였다는 것이다. 예측하지 못한 이 도착적인 자기변명은 인간이란 불가사의한 존재에 대해 절망하게 만든다.

"다른 인간을 열등하고 유해한 종, 즉 단순한 해충으로 간주하는 심리는 20세기의 전쟁이 그토록 폭력적이었던 결정적인 이유"(633쪽)였다고 저자는 풍성한 자료를 동원해 거듭 강조하고 있다.

제국이 평화를 보장한다?

니얼 퍼거슨은 전쟁과 학살이 자행되는 또 하나의 원인으로 경제적 변동을 드는데, 소련이나 독일이나 일본 등 제국주의자들이 전쟁을 일으킨 한결같은 명분이 '생활공간의 확장'이었으므로, 어렵게 말할 것 없이 이는 열강의 자원 착취 욕구를 에둘러 한 표현이다. 퍼거슨이 말하는 경제적 변동성은 경제성장률, 가격, 금리, 고용변화의 빈도와 진폭, 그리고 그와 관련된 모든 사회적 압력과 긴장을 의미한다. 경제변동이 곧 사회적 갈등을 악화시킨다는 이야기다. 빈부 격차가 커지면 소수민족 집단을 적대적으로 바라볼 가능성이 커진다는 이야기(829쪽)이기도 하다. 그러나 그것이 영토 확장이든 시장의 개척이라는 명분이든 경제적인 이유는 모든 전쟁의 오래된 동인(動因)이라 할 수도 있을 것이다. 독일은 금발의 독일 혈통만이 누릴 생활공간 확장이 필요했고, 일본은 대동아공영권이라는 이름의 영토 확장 욕구를 감추지 않았다(그러나 진작부터 충분히 넓은 땅을 지니고 있었던 스탈린의 경우에는 땅에 대한 욕심이 없었다). 이미 타민족을 침공하고 정복할 만큼 강대하지만, 바로 그 강대함으로 인해 생활공간이 협소해졌으므로 너희 영토를 침공했노라고 선포하는 것보다 더 격렬한 견강부회도 없을 것이다. 그것은 "억울하면 너희도 힘을 갖추라"는 힘의 논리의 다른 표현이기 때문이다.

전쟁의 기원을 설파하고 있는 이 책의 중요한 특징은 무엇보다도 저자가 집요하게 펼치고 있는 제국론이다. 국제정치학에서는 패권안정론이라는 이론이 있다. 강력한 패권국가가 존재했을 때 오히려 평화가 유지되었다는 이론이 그것이다. 다시 말해 전쟁과 내전, 그리고 동족 학살은 제국의 지배로 인해 억제될 수 있다는 제국안정론이다. 우리 사회는 핵우산, 그런 말로 이미 제국안정론에 정서적으로 잘 길들여져 있기 때문에 이해하기 어려운 이론이 아니다. 어쨌거나 니얼 퍼거슨은 양차 대전 중 특히 2차대전은 영국, 스페인, 네덜란드 등 식민지 시대의 제국들이 쇠퇴하고 독일, 일본, 소련 등의 새 제국들이 등장하면서 권력의 공백 지대가 만들어졌고, 그곳에서 피가 분출한 것이라고 보았다.

니체는 일찍이 "민족주의와 민족국가가 초월적 가치와 목적을 부여받고는 보편적 형제애와 민주주의, 사회주의의 깃발 아래 경쟁자 살육과 영토의 정복을 향해 나아갈 것이라고 예언"(조중걸,《조중걸 교수와 함께하는 열정적 고전 읽기-철학》, 프로네시스, 2009년, 113쪽)한 적이 있었다. 그의 불길한 예언은 히틀러에 의해 여과 없이 실현되었다

히틀러는 흔히 초인(超人, overman/superman)이라 널리 알려져 있지만 기실은 진의(眞意)의 번역 불가능성으로 '위버멘쉬(Ubermensch)'라 부를 수밖에 없는, 자기초극이 완료된 니체의 이상주의적 인간을 자신과 동일시했다. 널리 알려져 있듯이 니체 숭배자인 히틀러는 위버멘쉬 사상을 아리안 민족주의와 인종주의로 결합해 인간이 저지를 수 있는 극한의 악을 저질렀다. 우리나라에서는 널리 읽히지 않은 오스발트 슈펭글러라는 고독한 철학자가 있었는데, 그는 니체와 인종주의자였던 바그너에 의존했으며, 그 역시 니체처럼

나치에 미친 영향력이 심대했다. 슈펭글러는 1차대전 직후 문화의 흥망성쇠에 대한 특이한 이론을 담은 《서구의 몰락》(범우사, 1995년)을 통해 1914년 이전에 서구가 성취한 모든 것을 뒤집은 양차 대전의 격변을 정확하게 예언했다. 그는 이렇게 말했다.

○○● 지난 세기는 서양 세계의 쇠퇴기였다. 물질주의와 무신론, 사회주의, 의회주의 그리고 돈이 승리를 거둔 세기였다. 그러나 이번 세기엔 피와 본능이 돈과 지성을 상대로 자신의 권리를 되찾을 것이다. 개인주의와 자유주의, 민주주의 시대, 인도주의와 자유의 시대가 끝나가고 있다. 대중은 체념하고 강자인 시저의 승리를 받아들이고 그들에게 복종할 것이다.(829쪽)

슈펭글러는 자신이 예측한 반발이 쇠퇴기에 접어든 문명을 구체적으로 보여주고 있는 대도시에서 전쟁으로 나타날 것이라고 생각했다.(829쪽)

니얼 퍼거슨은 그러나 서구가 슈펭글러가 생각했던 대로 몰락하지는 않았다고 본다. 그보다는 슈펭글러가 등장을 예측했던 '새로운 시저들'의 피 묻은 권력이 되살아나고 그들이 '거대 도시의 이성주의'를 공격하면서, 서양의 물질적, 그리고 더 중요하게는 도덕적 몰락이 가속화된(829쪽) 것으로 보고 있다.

일견 그럴듯해 보이지만, 패권안정론은 착한 백인들(2차대전 때의 연합국)이 사악한 제3제국의 파시스트들을 격퇴하고, 종전 이후 길고도 음습했던 냉전을 거친 뒤 소련마저 몰락시켜 러시아라는 2등 국가를 출현시켰다. 그러므로 작금의 미국 중심의 세계질서가 필연적이라는 위험한 이론으로 전개될 수도 있어 불안하고 불길한 구석도 있다. 제국의 안녕이 평화를 보장한다고? 이런 해괴한 궤변이 어디 있단 말인가? 제국의 속성 자체가 폭력과 수탈에 의해서만 지탱되는 반평화적 체제가 아닌가?

그러나 21세기에 접어든 오늘, 건국 이래 쉬임 없이 전쟁에 개입하거나 전쟁을 일으키는 것으로 존속했던 강대국 미제국의 쇠퇴설이 이제는 여러 부문에서 공공연하게 예측되고 있다. 그래서인지 출판사가 공들여 작성한 이 책에 대한 성실한 보도자료는 새로운 제국으로 급하게 부상한 중국과 쇠퇴의 징후를 드러내고 있는 미제국의 예상되는 충돌, 그 피치 못할 역학 관계에 지정학적으로 끼어 있는 한반도의 미래에 대한 우려를 담고 있다. 그 불안은 두말할 것 없이 제국쇠퇴론에 의거한 불안이라 할 수 있을 것이다.

이 책에는 일본군 위안부 할머니의 증언도 소개되어 있고, 볼셰비키 정권에 의해 포시예트(Posyet) 근처에 고려인 자치주 설립을 허가받았다(253쪽)는 등 한반도(한민족)에 대한 언급도 흔치 않게 보이는데, 기대난망의 일인 줄 알았지만, 저자는 일제 36년 동안 한반도의 조선 사람들이 겪었던 고통에 대해서는 무심하다. 대영제국이 동인도회사를 통해 300여 년간 인도를 수탈한 데 대해 제국의 일원으로서 무심한 것보다 더 무심한 것도 일견 당연해 보인다. 특히 인상적인 것은 분단이 이승만과 김일성의 야심 때문이라는 구절이었다. 1947년 미국은 한반도에서 군대를 철수하고 싶었지만(767쪽) 2차대전의 치명적 결함인 소련이 승전국의 수혜를 받게 된 게 배가 아파 마지못해 주둔하게 되었고, 분단은 오로지 남북의 두 야심가로 인해 고착된 것이라는 무책임한 이해 수준에 머물고 있었다.

역사는 언제나 역사 서술자가 아전인수 격으로 해석할 수밖에 없고, 역사책은 설사 사마천이라 하더라도 언제나 한계를 안고 있는 미완의 작업일 수밖에 없다.

'학살'은 인간 본성인가?

1931년 알베르트 아인슈타인은 지그문트 프로이트에게 반전투쟁의 일환으로 세계적 지식인 단체를 함께 세워 종교 집단의 도움을 받아보자는 제안을 한다. 이것이 바로 그 유명한 '아인슈타인-프로이트 편지 대담'이다. 이때 프로이트는 인간에게는 보존하고 통합하려는 '성애본능'에 반대되는 파괴하고 죽이려는 영원한 본능이 존재한다고 주장하면서 회의적인 답변을 보낸다.

　ㅇㅇ● 성애본능은 살아가려는 노력을 증명합니다. 죽음본능은 특정

기관의 도움으로 외부 물체를 향해 행동하면 파괴 충동이 됩니다. 즉, 살아 있는 존재는 이질적인 집단을 파괴함으로써 자신의 존재를 지켜내는 것입니다. (…) 요컨대 우리가 인간의 공격적인 성향을 억누를 수 없다는 것입니다. (…) 왜 당신과 나, 그리고 다른 많은 이들이 전쟁을 단순히 인생의 가증스러운 요구로 받아들이지 않고 그것에 격렬하게 반대해야 합니까? 전쟁은 충분히 자연스러운 현상으로, 생물학적으로 건전하고 실제로 피할 수 없습니다.(816쪽)

앞서 인용했던 난징대학살의 주범인 마쓰이 대장도 사랑과 학살이 서로 충돌하는 심리 상태라는 것을 내면 깊숙이 받아들이지 않고 있었다. 프로이트는 에리히 프롬식으로 말하자면 바이오필리아*와 네클로필리아**가 인간의 피할 수 없는 본성인바, 아인슈타인의 평화 제안에 노골적인 짜증을 내고 있다(세기의 편지 토론은 몇 차례 더 있었는데, 《핵전쟁, 우리의 미래는 사라지는가》, 모주희 옮김, 아이디오, 2003년을 참고하기 바란다).

니얼 퍼거슨은 프로이트의 분석이 비과학적이고 명백히 사색적이라는 약점은 있다 해도 에로스(Eros)와 타나토스(Thanatos)라는 증오심의 본질적인 양면성, 즉 성적인 면과 병적인 면의 결합

---

*바이오필리아(biophilia): 자연에 대한 애착과 회귀 본능이 인간 마음과 유전자에 내재되어 있다는 학설.

**네클로필리아(Necrophilia): 시신·유골 애착증 환자를 뜻하는 말.

을 포착해냄으로써 증오심 자체의 교묘한 성질을 짚어낸다고 보고 있다.

레오 톨스토이도 한때 전쟁의 필연성에 대해 슬퍼하면서 말하기를, 이는 "꿀벌이 가을에 서로를 모두 죽이고, 수컷 동물들이 서로를 죽임으로써 그 소명을 다하는 것처럼 기본적인 동물학적 법칙이라 할 수 있다"(로버트 W. 그레그, 《영화 속의 국제정치》, 여문환·윤상용 옮김, 한울아카데미, 2007년, 238쪽)고 한 적이 있다. 동물행동학자 콘라드 로렌츠와 진화생물학자 에드워드 윌슨 또한 전쟁을 야기하는 공격적인 성향이 인간의 본능이라는 논리를 뒷받침한 적이 있다.(위의 책, 238쪽)

하지만 우리는 90세의 나이에 반전 시위를 한 버트런드 러셀에 대해서도 기억하고 있고, 핵무기를 지니고 있는 나라의 권력자들에게 "차나 한잔 들면서 (핵무기를 쓸지 말지를) 좀 더 깊이 생각해보자"고 인도산 차 봉지 하나를 배낭에 메고 1만 킬로미터를 걸었던 사티쉬 쿠마르 같은 평화주의자들의 꿈과 실천에 대해서도 잘 알고 있다. 새만금 사건 이후 한국 사회에 출현한 '생명평화결사'의 도법 스님이나 황대권 같은 이는 "세상의 평화를 위해 내가 먼저 평화가 되겠습니다"라는 메시지를 표하고 있다. 생명평화결사의 부드럽지만 강력한 평화 의지는 2010년 연평도 포격 사건 때 확전 불사의 기염을 토하던 군 당국이나 "평화를 원한다면 전쟁을 준비하라"는 라틴 속담에 반하여 피를 흘릴 가능성을 조금이라도 줄이는 노력에 값하지 않을까(생명평화결사 회원들은 2011년 1월

22~23일 인천 연안부두 집결을 시작으로 연평도 평화 순례를 한 바 있다).

버나드 쇼, 막심 고리키… 얼간이들의 세계사

이 방대한 책이 동원하고 있는 자료의 양은 실로 엄청나다. 저자
는 대체로 2차 자료에 의존했지만 때로는 1차 자료까지 찾아보
았다고 하는데, 영국 윈저성의 왕립 문서보관소 자료들은 '여왕
폐하의 자비로운 허락' 덕택에 인용할 수 있었다고 밝히고 있다.
그 외에도 런던의 제국전쟁박물관, 로스차일드 문서보관소, 워
싱턴DC 조지워싱턴대학의 국가안보 기록보관소, 워싱턴DC의
미국 홀로코스트 메모리얼 박물관 및 문서보관소 등 저자는 서
방의 엄청난 기관으로부터 자료 협조를 받았다. 우리는 별 노력
을 기울이지 않고도 한 출판사의 노력에 힘입어 결국은 영국 여
왕 폐하의 자비까지 간접적으로 수혜받는 특별한 체험을 가지게
된다. 전쟁에 관한 책, 인류의 잔혹성에 관한 책은 넘치도록 많
다. 하지만 저자가 10여 년의 긴 세월 동안 열심히 모으고 여러
사람의 각별한 협조 아래 펴낸 이 책을 통해 우리는 지난 100년
동안 인간이 다른 인간에게 가한 끔찍한 폭력을 몸서리치게 추
체험하게 된다. 책은 감정이 억제되어 있고 극도의 객관성을 표
방하고 있으므로 비록 피비린내로 진동하지는 않지만, 책을 덮
은 뒤에는 상상을 초월하는 인간 학살의 양태들로 인해 꿈자리

마저 뒤숭숭해지는 체험을 하게 될 것이다. 따라서 이 책은 놀랍다면 놀라운 책이다. 그러나 불필요한 개입으로 끝내 패하고 만 미국의 베트남전 이야기나 미국 CIA가 라틴아메리카에서 군부 독재자를 앞세워 벌인 참혹한 암살과 고문, 또한 걸프전, 동티모르 학살, 미국 내 인종차별로 인한 백인들의 만행 등에 대해서는 언급을 기피하거나, 언급을 했다 하더라도 히틀러와 스탈린, 일본군의 폭력에 할애한 방대한 양에 비해 소략하기 그지없다. 이를 모든 역사책의 한계라 하면 할말이 없어지기는 한다.

저자는 왕립 문서보관소의 희귀 자료만 인용한 것은 아니다. 이 책에는 유난히 작가, 시인, 철학자 들이 많이 등장한다. 스탈린의 동족 학살을 외면한 채 소련에서 받은 후한 대접에 흥분한 버나드 쇼는 스탈린을 예수에 비견하기도 했다.(304쪽) 저자는 버나드 쇼를 '얼간이'라 표현한다. 1980년대까지도 "제3제국을 스탈린의 소련과 비교하는 것이 정당하지 않다고 주장했던" 철학자 위르겐 하버마스에 대한 이야기(328쪽)도 나온다. 참고로 밝히면, 스탈린 치하에서 숙청당한 희생자는 700만 명에 이른다고 한다. 1929년 강제수용소를 방문한 막심 고리키가 "건강한 수감자들과 쾌적한 감방을 들먹이며 수용소가 마치 목가적인 곳인 양 미화했다"(315쪽)는 사실도 전한다. 스탈린 치하에서 굴락(Gulag:소련의 강제노동 수용소. 앤 애플바움, 《굴락》 상·하, 드림박스, 2004년 참조)을 거쳐간 소련인은 1,800만 명에 이르렀는데 수용자들에게 하루 14~16시간씩 강제노동을 시켰으며, 탈출자들을 개처럼 쏴 죽였

고, 영하 22도에서 알몸으로 한데 세워놓기 일쑤였다. 때로는 간
수들이 자신의 배설물까지 먹었다.(315쪽) 막심 고리키와 솔제니
친의 차이는 어떻게 설명해야 할까. 이 책에는 "어떤 작품도 두려
움이 주는 불쾌한 속성을 이보다 더 훌륭하게 그려내지는 못했
다"는 평가를 받고 있는《거장과 마르가리타》를 쓴 미하힐 불가
코프도 소개되고 있다. 앙리 바르뷔스와 독일 병사로서의 체험을
그린《서부전선 이상 없다》의 작가 레마르크는 물론, 소설《양철
북》의 배경이 된 단치히를 이야기할 때에는 어김없이 귄터 그라
스를 등장시키고, 드리나강 다리에서의 학살을 이야기할 때에는
이 사건을 주제로 소설을 쓴 이보 안드리치를 인용하고 있다. 마
르탱 뒤 가르, 하이데거와 한나 아렌트, 미하일 숄로호프, 피츠제
럴드, 조지 오웰, 노먼 메일러도 중요하게 언급되고 있다. 너무나
도 유명한《역사란 무엇인가》의 E. H. 카가 강대국 숭배자라는
사실, 너무나 노골적이어서 구토증이 이는 제국주의자 키플링도
이 책 어디에선가 출현한다. "전체주의가 자유와 민주주의라는
용어를 담을 수 있으며 전체주의 덕분에 그러한 용어들이 의미를
가질 수 있다"고 말한 이는 놀랍게도 T. S. 엘리엇이었다.(341쪽)

작가와 시인들 중에는 세계적 명성에 값하는 뛰어난 문재(文
才)에도 불구하고 때로는 정신 나간 생각과 행보를 밟았던 이들이
언제나 존재했었다. 우리나라 역시 마찬가지다. 양민 학살로 정
권을 잡은 이에게 용비어천가를 바친 시인과 작가들이 여전히 베
스트셀러 작가 대접을 받고 있으니 말이다. 당대에 그 '얼간이'들

이 하늘을 찌를 듯한 명성을 휘날려도 이 세상의 한쪽 켠에서는 생명과 평화에 속했던 문인이었던가, 반생명과 폭력을 방관하거나 지지함으로써 영달을 꾀한 작가였던가를 기억 속에 명토 박아 놓곤 한다. 실로 등골 서늘한 일이 아닐 수 없다.

휴연(休煙)을 어기다

책을 덮을 때, 나는 긴 여행을 마친 것 같은 해방감을 느꼈다. 21세기에도 20세기를 뒤덮던 증오의 기운은 조금도 사그라들지 않았지만, 비록 풍성했지만 완독하는 일만으로도 그 분량이 아닌 처참한 내용 때문에 고단하기만 했던 지난 세기의 인간 잔혹사의 여정이 끝났기 때문이다. 그런데 그만 마지막 페이지에서 나는 망치로 한 대 맞았고, 가히 아연실색할 만한 통증을 느꼈다.

ㅇㅇ● 20세기를 의문의 여지 없이 독특한 세기로 만든 두 번째 특징은 겉으로 보기에 문명화된 사회의 지도자들이 이웃 나라 국민들에게 가장 원시적인 살해 본능을 폭발시켰다는 점이다. 이는 여전히 20세기의 역설로 남아 있다. 독일인들은 아마존의 인디언이 아니었다. 그런데 민주적으로 선출된 지도자 밑에서 발전된 무기로 무장한 그들이 선사 시대의 동기에 자극받은 것처럼 동유럽에서 전쟁을 일으켰다. (840쪽)

　세상에 이럴 수가? 이 사람이 혹시 어디 아픈 건 아닐까? 아마존의 인디언들이 언제 가족들이 보는 앞에서 여성을 강간하고, 사지를 하나씩 하나씩 자르고, 임신한 여성들의 장기를 꺼내고, 산 채로 해부당한 임신부들의 배 속에 고양이를 넣고, 톱으로 신체를 양단하고, 어린아이들을 건물에 내던져 죽이거나 허공에 던진 뒤 총질을 해 죽이고, 자신이 살해당해 죽을 구덩이를 파게 한 뒤 목덜미에 총을 쏴 죽이고, 사람을 발가벗긴 뒤 독가스실에 넣어 죽이거나 생체실험을 했단 말인가? 아마존의 인디언들이 비록 그 잘난 문명 따위는 일으키지 않았지만, 언제 가까이 지내던 사람들을 갑자기 나병이나 습진으로 여기고 지상에서 말끔히 절멸시켜버려야 한다며 인종청소를 했단 말인가? 아마존 인디언들에 대한 이런 기막힌 오해가 세상에 어디 있단 말인가? 저자는 "유전적으로 인종 간 차이가 거의 없다"(41쪽)는 대전제 아래 히틀러 비판에 소매를 걷어붙이지 않았던가.

　문명과 '민주적으로 선출된 지도자'를 지나치게 과신하는 이 백인 학자가 '제국 쇠퇴 이후의 무정부주의'를 염려하는 제국안정론을 펼치는 학자라는 것은 책을 통해 이미 느꼈지만, 한술 더 떠 자신도 깨닫지 못하고 있는 비의도적인 인종주의자는 아닌가, 싶었다.

　나는 너무나 놀라서 다시 담배를 한 대 빼어 물 수밖에 없었다.

우리는 체르노빌-후쿠시마 이후의
사람들이다

스베틀라나 알렉시예비치, 《체르노빌의 목소리》,
김은혜 옮김, 새잎,
2011년

'후쿠시마 이후', 이 나라에 한 권의 책이 번역 출간되었으니, 《체르노빌의 목소리》다. 이 책이 발간된 이후 나는 어딜 가든지, 누구를 만나든지, 이 책을 권하곤 했다. 더러 서평을 써야 할 때에도 어김없이 나는 이 책에 대한 이야기를 쓰곤 했다. 30년도 전의 체르노빌 원전 사고 이야기를 오늘 방금 일어난 일처럼 말하는 까닭은 두말할 것 없이 2011년 3월에 터진 후쿠시마 원전 사고 때문이다.

후쿠시마 사건을 겪으면서 나는 답답했고, 지금도 답답하다. 그러나 세상은 그 사고를 그저 이 세상에 일어날 수 있는 여러 사건들 중의 하나인 것으로 간단히 치부하고 넘겨버린 것만 같다. 쉽게 넘어갈 수 없는 일이건만, 이제는 무시하기 다소 어려운 외신 정도로 간주되는 것 같다. 매체는 여론에 귀기울여 그 내용을 전달하는 나팔수일까? 여론을 만드는 공장일까? 후쿠시마를 겪으면서 매체는 여론을 만드는 권력이라는 것을 새삼 실감하게 된다. 어느 시기가 지난 뒤부터 이 나라 매체가 다루고 있는 후쿠시마는 매우 소극적이라는 인상을 지울 수가 없다. 간간이 무슨 서

비스처럼 후쿠시마 이야기가 들려오곤 했는데, 그것들은 바다로 흘러나간 기준치를 초과한 방사성물질 이야기, 방사능에 오염된 소가 오염된 소인 줄 모른 채 도축되어 일본 전역에 팔려나갔는데 특히 신칸센(新幹線)에 공급되는 도시락 반찬으로 쓰였다는 이야기, 그리고 방사능에 피폭된 암토끼가 '귀 없는 토끼'를 낳았다는 소식, 같은 것들이었다.

원자로가 폭발한 직후 전문가들은 "서풍이 부니 우리나라는 걱정 없다"고 말했고, 방사성물질에 오염된 바다에 대한 이야기가 나왔을 때에는 "해류의 방향이 태평양 쪽이므로 우리나라 연안은 끄떡없다"느니, 심지어 "그 해류가 우리나라 연안에 오는 데에는 몇 년이 걸릴 것이고, 그사이에 방사능 오염은 희석될 것이다"는 망언도 서슴지 않았다. 전문가란 누구인가? 진짜 전문가는 이 세상의 무슨 일이든 다 너끈히 해석할 수 있다고 믿고 있는 사람이 아니라 "내가 제대로 알고 있는 게 별로 없다"고 생각하는 사람일 것이다. 그러나 긴장감 없는 내 나라의 전문가 중에는 그런 기본적인 소양을 갖춘 사람이 많지 않은 것만 같다.

정말 이래도 괜찮은 것일까?

'후쿠시마의 진실'은 언제쯤이나 소상하게 밝혀질까?

사실 우리는 후쿠시마에서 큰 사고가 터진 것은 알고 있지만, 그 사고의 정확한 의미에 대해서는 여전히 잘 모르고 있다고 말해야 옳을 것이다. 매체가 알고 싶은 것을 전달하기보다는 알리고 싶은 것만 알리기 때문이다.

후쿠시마를 제대로 이해하기 위해 '체르노빌의 목소리'를 듣
는 일보다 더 요긴한 일은 다시 없을 것이다. 체르노빌에서 들려
오는 목소리가 앞날에 후쿠시마에서 들려올 소리와 다르지 않을
것이기 때문이다.

이 책은 우크라이나 출신 기자 알렉시예비치가 1986년 체르
노빌 사고 발생 이후 자그마치 10년에 걸쳐 100명 정도 되는 사람
들의 목소리를 담은 생생한 증언집이다. 증언자들은 죽을 날만
기다리고 있는 자신들을 위해서가 아니라 앞날의 다른 이들을 위
해 증언에 임하고 있었다. 듣기 불편하지만, 이 책이 내는 소리들
을 경청해야 하는 이유이기도 하다

체르노빌에서 들려오는 목소리는 실로 끔찍하다. 세상에 이
보다 무서운 소리는 다시없을 것이다. 읽기에도 고통스럽지만,
책을 덮을 즈음 이 책에 담겨 있는 목소리들을 서둘러 잊고 싶어
진다. 그만큼 끔찍하고, 그 끔찍한 전면적 죽음의 현장에서 보잘
것없는 일상과 초라한 인간의 삶이 기실 말할 수 없이 소중하다는
것을 역설적으로 깨닫게 된다.

이것은 인류 역사상 빈번하게 일어났고, 지금도 쉬임 없이 일
어나고 있는 인간 종끼리의 학살 소식과는 다르다. 또한 이 목소
리는 인간 종끼리의 싸움박질에서 살아남은 사람들이 들려주는
소리와도 다르다. 굳이 전쟁이라면 이것은 전혀 새로운 전쟁이
다. 방사선은 색깔도, 형체도, 무게도 없다. 원자로 속의 이 불은

본래 전쟁용으로 인간이 발견해 점화했지만, 불이 붙은 이후에는 인간이 감당할 수 있는 능력 너머에 있다. 처음부터 이런 위험한 불장난을 하지 말았어야 옳았다. 히로시마와 나가사키에 사용한 핵은 전쟁용이고, 전력을 얻기 위해 사용한 이 핵은 평화용이라는 말은 그럴듯하게 들리지만, 틀린 구분이다. 핵과 평화가 같이 갈 수 없기 때문이다.

'체르노빌'이 일찍이 그 간명한 사실을 인류에 극명하게 경고했고, '후쿠시마'가 그 사실을 인류가 통렬하게 깨닫기를 촉구했지만 세상은, 특히 내 나라는 반드시 유념하고 경청해야 하는 이 진실에 대해 무신경하기 짝이 없다.

체르노빌은 끝났는가? 끝나지 않았다. 이것은 시작은 있었지만 끝날 수는 없는 일이다.

그들은 '오염된 땅'을 땅에 묻었다. 세상에, ……땅을 땅에 묻다니? 집을 묻었고, 정원을 묻었고, 우물을 묻었고, 숲을 묻었다. 음악당과 도서관을 묻었고, 꽃과 나무, 그리고 가축을 묻었다. 책상을 묻었고, 거기 딸려 있던 책상 서랍도 묻었다. 연애편지도 묻었고, 악보도 묻었다.

그들은 먼저 커다란 지층을 잘라 둘둘 말았다. 땅에 있던 485개 마을 중 85개의 마을을 매장했다. 마을은 땅 위에 인간이 세운 인간 삶의 기본 토대다. 토대를 토대에 파묻게 된 이 기이한 비극은 인류가 한 번도 체험해보지 못했던 일이었다. 삶을 위해 '삶의 현장'을 묻었으니 이보다 어처구니없는 방책이 어디 있을까?

그런데 이것이 파묻는다고 해결될 일일까?

원자로는 신속하게 만들어진 석관으로 덮었다. 석관의 유효기 간은 겨우 30년, 벌써 방사성 연무질이 흘러나온다. 방사성물질 의 반감기는 수백 년에서 수만 년, 그 시간은 이미 인간의 시간이 라 할 수 없는 '영원의 시간'이건만, 고작 30년 수명의 석관으로 대응했다. 인간의 능력이란 기실 그 정도밖에 안 되건만, 과신했 던 것이다. 80만 명의 해체 작업자들에게 소련은 영웅 칭호와 훈 장을 내렸지만, 심지어 피폭된 방사선 수치를 자랑하기까지 하던 영웅들은 차례차례 끔찍한 모습으로 죽었고, 지금도 고통 속에서 천천히 죽어가고 있다. 210만 명의 오염 지역 거주민 중 70만 명 이 어린이였다.

고준위 방사선은 사고 직후 일주일도 안 되어 유럽과 중국은 물론 북미까지 덮었다. 핵 재앙 앞에서 국경은 얼마나 우스꽝스 러운 금긋기 놀이인가. 아연실색한 유럽은 자신이 재배한 농산물 을 쉽사리 식탁에 올리지 못했고, 우유를 먹지 않았고, 아이 낳는 일이 두려워 몇만 명의 여성들이 낙태를 했다.

그래서인지 저자는 후쿠시마 이후에 쓴 한국어판 서문에서 "나는 과거에 대해 책을 썼지만, 그것은 미래를 닮았다"고 말한 다. 매장해도 숨쉬는 과거에 의해 우리의 미래가 파괴되었다는 이야기다.

피폭된 사람들이 죽어가는 처참한 모습도 인간의 상상력을 넘어선다. '설명할 수 없는 죽음'들이 전개되었다. 다기 다양한 죽음들은 선례가 없는 이상한 죽음들이었다. 살점이 떨어져 나가고, 뼈가 녹고, 구멍이 없는 자루 같은 아기, 코끼리 코가 달린 아이도 태어났다. 산모들은 아이를 낳은 게 왜 죄가 되냐고, 사랑이 왜 형벌이 되느냐고 절규했다.

'히로시마-나가사키-체르노빌-후쿠시마'는 달리 발음되지만 같은 불의 재앙이다. 경솔하고 과도한 어리석음이었지만 이미 붙인 불은 서둘러 꺼야 하고 다시는 이런 불을 붙여서는 안 될 것이다. 지상에 살아 있는 어떤 생명체도 핵 재앙에서 벗어날 재간이 없다. 거듭 말하지만, 이 불은 애당초 인간이 함부로 다루고 감당할 수 있는 불이 아니었다.

그러나 재차 말하지만, 지극히 절망적인 일은 내 나라 현실이다. 이미 21기를 가진 우리나라는 "전력 대란이 온다"고 협박하면서 앞으로도 더 지으려고 하고 있으며 그뿐 아니라 원전 기술 장사에 달떠 있다. 원전 밀도로 말한다면 이미 모범적인 원전 선진국이다. 이 나라 최초의 핵 발전소인 고리 1호기는 숱한 사람들의 간곡한 우려에도 불구하고 재연장에 들어가 100퍼센트 풀가동하기 시작했다.(2011년 당시).*

후쿠시마 원자로도 진작에 폐기했어야 할 것을 연장했다가 터졌다. 사람들은 무슨 일이 일어나고 있는지 모른 채 무심하게 살고 있다.

　소련 '핵에너지의 아버지'라 불리는 러시아의 물리학자 아나톨리 알렉산드로프는 "소련의 원전은 사모바르(러시아의 전통 주전자)만큼이나 안전하다"고 주장했다. 최근에 외국에 나갔다가 '녹색성장의 아버지'라 불리면서 흡족해하시는 우리나라 대통령(이

*후쿠시마 핵 발전소 사고 이후 문재인 후보는 핵 발전소 반대 여론을 의식해 '탈핵'을 공약했다. 2017년 당선 이후 월성1호기 폐쇄는 '노후 원전 수명 연장 금지'라는 후보 시절의 공약을 지킨 것으로 볼 수 있지만, 고리1호기 영구 폐쇄는 박근혜 정부 때 결정된 것이고, 그 폐쇄 현장에서 신고리 5·6호기 폐쇄 결정은 '공론화위원회'에 맡기겠다고 하면서 자신은 빠졌다. 공론화위원회는 핵 산업계와 핵발전 친화적인 인사들과 친연성이 깊다. 또한 신규 핵 발전소 건설을 중단하겠다고 했지만, 신고리 4호기와 신한울 1·2호기에 대해서는 언급이 없었다. 공사는 완료되었지만 아직 가동하지 않은 이 세 핵 발전소의 용량은 폐기한 고리1호기의 7배가 넘는다.

　2021년 현재 문재인 정부 임기 내에 핵 발전소가 기존의 24개에서 28개로 오히려 증가했으며, 문재인 대통령이 책임을 떠넘긴 공론화위원회는 신고리 5·6호기 건설 재개를 결정한 바 있고, 현재는 고준위 방폐장 건설을 위한 공론화 절차 역시 기만적으로 진행하고 있으며, 건설이 중단된 바 있는 신한울 3·4호기 건설 재개를 위한 수순으로 공론화를 모색하고 있다고 한다. 이대로라면 공약과 달리 노후 핵 발전소 4기의 폐쇄 여부도 불투명하다.(김문성 외,《문재인 정부 촛불 염원을 저버리다》, 책갈피, 2019년, 652~653쪽 참조)

　요약하면, 문재인 정부의 '탈핵 정책'에 관한 혼돈이 지속되고 있는 가운데 신고리 5·6호기 건설 재개 하나만으로도 그의 공약이었던 '40년 후 원전 제로'는 지키지 못하게 되었다. 한편, 끊임없이 '제3국 원전 수출' 정책을 펼치고 있다는 측면에서 문재인 정부는 진정한 '탈핵' 의지가 결여된 정부라고 평가할 수밖에 없다. '탈핵 정부'라고 자처하면서 시작했지만, 인사와 조직은 핵 발전소 찬성론자나 전기 중독자들로 채워져 있으며, 문재인 정부 스스로 '탈원전'이라는 용어를 슬그머니 폐기하고 근래에는 '에너지 전환'이라는 용어로 대체했다. '탈핵'이라는 용어는 오히려 핵 마피아들이 문재인 정부를 비판하고 희롱할 때 자주 사용하고 있는 형편이다.(2018년 8월 '탈핵신문 진로모색 및 발전위원회'가 개최한 '탈핵운동과 탈핵신문의 방향 모색' 집담회의 토론 내용 참조)

글이 씌어지던 2011년의 이명박 대통령) 역시 '한국형 원전 기술'에 대한 자부심에 기염을 토하는 분이다. 참으로 불안하고 무섭다. 무지막지한 발언을 마구 해대는 우리 대통령만큼이나 가증스러운 세력들은 핵 산업으로 이익을 얻는 핵 마피아들이다. 그들은 "원전 포기하면 전기세가 오른다"고 하면서 서민 대중들을 겁박한다. 그 나팔수들이 이른바 '조중동'으로 불리는 주류 언론들이다.

《체르노빌의 목소리》는 이 나라 주류들이 내는 한가하고 태평스러운 소리와는 다른 목소리들이다. 어찌할 것인가? 두 소리들을 다 듣되, 현명하게 판단하고, 선택해야 할 것이다.

덧붙이는 글

스베틀라나 알렉시예비치는 2005년 노벨문학상을 수상했다. 스웨덴 한림원은 "스베틀라나 알렉시예비치의 다층적 작품은 우리 시대의 고통과 용기를 동시에 보여주는 기념비적 작품이다"라며, 선정 이유를 밝혔다. 르포와 증언집을 많이 쓴 알렉시예비치에게 노벨문학상의 영예가 부여된 것은 시, 소설만 문학인 줄로 여기고 다른 장르는 박대하는 한국 문학의 관습적 편향을 부끄럽게 만들었다.

생태시는 다시 발명되어야 한다.
랭보의 사랑처럼

이승하, 《나무 앞에서의 기도》,
KM(케이엠)
2018년

시인 이승하의 주제는 오랜 시간, '광기와 폭력'이었다. 나중에 그는 《감시와 처벌의 나날》이란 시집을 낸 적도 있다. 누가 봐도 이것들은 푸코의 단어들이다. 그러나 그것은 프랑스 후기 구조주의자의 언어들을 차용함으로써 무슨 소득을 얻으려는 속 보이는 시적 전략이라기보다는 그의 집안 내력에서 연유한, 피가 뚝뚝 떨어지는 몸부림의 언어들이다. 그의 가정사의 유별난 비극적 내용들을 같은 일원으로서 겪지 않은 타인이 소상하게 나열할 수도, 설명할 수도 없지만, 그가 자신의 에세이(《한밤에 쓴 위문편지》, KM, 2018년)에서 피력한 내용을 근거로 얼추 이해하기로도 이승하의 소년 시절/청년 시절은 참으로 참혹했던 것 같다. 법관이 되기 직전 장남은 문학을 택해 진로를 변경했다. 이로 말미암아 경찰관 출신의 아버지는 장남을 통해 이루려 했던 '실패한 삶'의 보상이 좌절된 데 대한 분풀이로 술을 마시고 가족들에게 폭행을 일삼았고 사범학교 출신인 어머니와 슬하의 자식들은 극도의 고통을 겪어야 했다. 누이의 정신질환, 차남인 소년 이승하의 두 번의 가출과 한 차례의 자살 시도 등도 그 때문이었을 것이다.

그래서였을까, 왜였을까? 이승하는 2000년 〈아버지의 임종을 지키다〉라는 시를 쓴다. 그런데 부친의 실제 몰년(沒年)은 2011년이었다. 부친 사망 11년 전에 이승하는 시로써 아버지가 '숨 멈추는' 장면을 선험한다. 그 시를 '늦게 접한 부고'로 이해한 지인이나 선배들은 조의를 표한 뒤에 곧바로 그 시가 상상의 소산이라는 것을 듣게 된다. 실제 부친이 돌아가신 게 아니라는 것을 알게 된 지인들의 감정은 매우 불쾌했을 것이다. 시를 보자 조의를 품었기 때문에 더욱 그랬을 것이다. 그래서 이승하 면전에서, 더러는 이승하 뒷전에서 그를 노골적으로 비난했던 모양이다. 그 시 때문에 주변의 비난을 받았다는 것 또한 앞서 소개한 이승하가 밝힌 에세이를 통해 알게 된 사실이다.

이번 시집의 표제작인 〈나무 앞에서의 기도〉도 그렇다. 아내가 죽어서 남편과 두 아이가 아내의 바람대로 화장하고 그 재를 나무 아래 묻었다는 내용이다. '아버지 앞당겨 죽이기'를 알게 된 나 역시 2000년 즈음 이승하의 선배들이 그랬듯 이승하에게 물었다. "이 시의 내용이 사실인가?" 하고. "아닙니다, 형님. 상상으로 쓴 시입니다!" 그 대답을 듣는 순간, 나 역시 첫 살부시(殺父詩)를 본 그의 지인이나 선배들과 같은 거북한 감정에 휩싸이게 되었다. '아내에게 아무런 일도 안 일어났다고? 뭐 이딴 녀석이 다 있담!' 하는 다소 불쾌한 감정과 '이거 뭐야! 상습범이네. 시를 통해

산 사람을 앞당겨 죽이는 게 이 친구 버릇이란 말인가?', 하는 의
문의 감정 사이에서 나는 며칠 동안 곤혹스러운 감정에 휩싸였
다. 어떤 금기나 금지의 그물에도 문학은 걸리지 않는다는, 문학
은 그러한 인습 너머에 있는 귀한 영역으로 존중받아야 마땅하다
는 문학의 초월적(?) 지위나 문학 자체의 너른 품에 대한 풍문을
모르고 있었던 것은 아니지만, 이승하가 내게 부탁한 숙제를 그
만 때려치우고 싶었다. 내가 살면서 제일 자주, 잘하는 일이 때려
치우는 일이 아니었던가.

그는 왜 오래전에는 산 아버지를 죽이더니만, 이번에는 '굶주
린 고양이한테 미역국도 끓여주는' 멀쩡한 아내를 당겨서 죽이고
있을까? 카뮈는 "사랑하는 사람의 죽음을 생각해본 적이 없는
사람은 없다"는 투의 말은 한 적이 있다. 그렇다고 해도 이승하는
왜 두 번씩이나 이런 시를 썼을까? 그 '왜'에 대해 알아봐야 하나,
이해하려고 노력해야 할까? '이해하려고 노력'해야 한다면 왜 노
력해야 할까?

그의 시를 며칠 동안 통독하면서 나는 내가 알고 있던 '이승
하'와 '그의 시'를 동시에 생각해보았다.

모든 인간은 알고 보면 각자의 고유한 속성으로 인해 기이하
긴 하지만, 이 기이한 인간을 나는 얼마큼 알고 있을까? 한없이
성실하고, 한없이 어눌하고, 누가 물으면 공손한 얼굴로 짧게 답
하면서 늘 박꽃처럼 멋쩍게 웃는, 어리바리한 이승하. 얼굴은 햇

빛을 못 본 환자처럼 하얗고, 삽이나 곡괭이를 한 번도 쥐어본 적
이 없어 보이는 연한 손을 가진 이승하. 목소리는 부드럽고 그 목
소리에 누구를 비난하거나 빈정거리는 내용을 한 번도 담아본 적
이 없을 성싶은 이승하. 이 인간은 어떤 유형의 인간일까? 그는
왜 육친이나 아내의 죽음을 미리 선고하곤 할까? 그즈음 나는 한
백만장자가 납치를 당한 뒤, 납치범들의 검열을 거쳐 가족들에게
전달된 편지가 담겨 있는 책(얀 필립 렘츠마, 《지하실에서》, 조유미 옮
김, 정한책방, 2017년, 172쪽)을 보고 있었다. 그 책에는 "집에는 저
를 살아서 볼 수 있을지 걱정하는 아내와 아들이 있고, 그 생각은
제가 견디기 힘들어서 더 이상 하고 싶지 않습니다"라는 구절이
담겨 있었다. 살부와 아내 미리 죽이기로 그가 얻을 보상과 평정
심은 개인적인 것일까, 보편적인 것일까? 영국의 대표적 경제학
자 케인스의 말대로 "우리는 장기적으로는 모두 죽은 목숨"이긴
하다. 하지만, 가만히 있어도 때가 오면 다가올 그 '한 번의 순간'
을, 더구나 언제나 그렇지만 '타자의 죽음'을 그는 왜 미리, 거듭
시로 형상화했을까? 굳이 정신분석학자들의 이론을 동원하지
않더라도 그런 비규범적인 상상력이 어찌 보면 그리 중요하거나
이해하기 어려운 일은 아니다. 아무튼 다소 복잡하면서도 거북한
감정 속에서 그의 표제작을 다시 읽어보았다. 담담해서 관조적인
느낌을 자아내곤 있지만 두 아이와 함께 아내의 재를 나무 밑에
묻는 정경 속에 처절함이나 통한(痛恨)은 없다. 마치 아내라는 기
표를 미리 죽여 묻음으로써 '다른 아내'를 되살려 온전하게 하려

는 의도로 읽히기까지 한다. 그러다가 돌연 그 시에서 "이사할 때 책부터 내버렸지"라는 구절을 만났다. 그것은 시원한 바람이 미세 먼지를 몰아내는 것 같은 느낌을 주었다. 그 구절을 만나는 순간, 갑자기 이승하에 대한 전과는 다른 애정의 감정이 일기 시작했다. 이승하는 시인이었던 것이다. 반성의 능력이 조금도 훼손되지 않은 시인, 말이다.

이승하의 시에는 생태적 주제들, 환경문제에 대한 반응들이 많이 담겨 있다.

그는 태풍이나 지진, 화산 폭발, 쓰나미, 산불 등 자연재해에 많은 관심을 기울인다. 자연재해는 확실히 불가항력이다. 인류가 산업사회로 돌입하기 전에도 자연재해는 있었다. 환경론자들을 의도적으로 공격하는 국가나 기업으로부터 뇌물을 받은 과학자들이 자주 하는 항변이 그것이기도 하다. 어찌 보면 거듭되는 대규모 자연재해(?)의 결과 이 행성이 간신히 현재의 간빙기를 구가하고 있다는 설명은 맞다. 생명이 생명을 구가하기에 가장 최적화된 안정적 상태에 들어오기 위해 지구 역사는 엄청난 카오스와 비생명의 긴 시간을 필요로 했었다. 그러므로 살아 있는 지구가 꿈틀거리면서 일으키는 모든 자연스러운 현상을 단지 인간에게 해가 된다는 이유에서 모조리 환경문제로 덤터기 씌워서는 안 될 것이다. 자연재해는 악도 아니고, 재앙은 재앙이되 탓할 수 없는 재앙이나. 그것은 그냥 자연이 하는 여러 일들 중의 하나이고, 자

연의 여러 얼굴들(스피노자의 용어로는 '양태') 중의 하나이다. 문제
는 인재(人災)로 인한 환경 재앙들이다. 그의 시에 등장하는 죽은
새만금 갯벌, 돌아오지 않는 철새들, 썩어가는 강, 종의 멸종들,
송전탑 등이 바로 인재와 관련되는 내용들이다. 같은 산불이라도
번갯불로 일어난 산불은 '야생의 법정'이라는 게 존재한다 해도
심판할 수 없는 자연재해이고, 담뱃불이나 라면을 끓이다가 일어
난 산불은 명백히 인재다. 더 쉽게 말해서 '황사'는 자연재해(현
상)이고, '미세 먼지'는 인재인 것이다. 물론 자연재해 규모의 증
가나 빈도수에는 인간 활동이 현격하게 영향을 미쳐서 나중에는
발생론적 구분 자체가 의미가 없어진다. 바로 금세기에 우리가
맞닥뜨리고 있는 미증유의 재앙인 '기후변화'가 바로 그것이다.
그것은 총체적이고 전면적이고, 시작은 됐으나 돌이킬 수도, 끝
도 알 수 없는 대재앙이다. 이 재앙이 인간 활동으로 비롯되었음
을 인정하는 데에도 한참 걸렸다. 빠르게 녹아내리는 빙원으로
인한 북극곰의 절멸, 시베리아 동토의 메탄가스와 이산화탄소 방
출, 해류 변화와 기온 상승, 각기 다른 양상으로 나타나는 엘니뇨
와 라니냐, 시도 때도 없이 피고 지는 꽃들, 잦은 쓰나미와 화산
폭발 등등 기후변화로 인한 현상들은 이미 충분히 가공할 만한 수
준으로 다양하게 진행되고 있으나 앞날의 위세와 속도에 대해서
는 아무도 예측하지 못한다. 가히 파국이다. 인간을 중심으로만
파악되던 이기적인 세계 인식인 '환경'이 생태계 전체에 치명적
영향을 미치는 현실에 직면하게 된 것이다. 그래서 결국은 '환경

문제'나 '생태계 위기' 같은 개념들의 섬세한 분별이 무의미해져 버렸다. 아아, 이걸 누가 모르랴. 그런데 이승하의 재앙 인식에는 이런 구분이 명백하지 않다. 두루 뒤섞여 있다. 예를 들어보자.

○○●

마침내 시작된 것이다. 재앙⋯⋯/화난 신이 멋모르는 자연을 벌주고 있다/화난 자연이 멋모르는 인간을 윽박지르고 있다.

-〈허리케인 카트리나〉

무슨 말인지 모르겠다. 신이 왜 화를 내는가? 초자연적인 신에게 무슨 감정이 있더란 말인가? 신화 시대 때부터 의인화된 신에게 설사 여러 정념이 있고, 조금이라도 공정함이 있다면 왜 하필이면 자연에 벌을 내릴까? 자연이 뭘 어쨌다고? 뿔따구 난 신이 걷어찬 깡통이 자연인가? 그 깡통에 걷어챈 게 인간일까? 얼씨구절씨구, 자연이 '멋모르다'니? 인간이 '멋모르다'니? 자연이나 인간이 뭘 모른다는 말일까? '멋도 모르는 부류'에 인간은 그렇다손 쳐도 자연을 왜 포함시킨단 말인가? 자연과 인간이 어찌 재앙의 책임에서 같은 위치일까? 자연은 망가지지도 않았음은 물론 그대로도 아니다. '인간의 자연'이 망가졌는데, 그것은 자연의 탓이 아니잖은가. 걸핏하면 "지구를 살리자"고 하는데, 지구는 망가진 적이 없다. '인간의 지구'가 끔찍해지고 있는 것일 뿐이다. 지구에 살고 있던 아무 잘못도 없는 다른 생명체들이 인간 활동으로 인해 무더기로 절멸되고 있을 뿐이다. 그나저나, 신은 왜 화가 났을까? 그가 화를 낼 줄 안다면 동정심도 있을 텐데, 인간 역사는 그런 신이 단 한 번도 존재한 적이 없다는 것을 충분히 체험하지 않았던가.

이승하의 생태 의식, 자연 재앙에 대한 인식은 '화난 신—멋모르는 자연—멋모르는 인간'의 도식으로 설명된다. 재앙에 대한 사태 분석에서부터 문제가 있다. 그에게 천둥은 '불호령'이고, '하늘 쪼개는 번개'는 '분노한 자연의 안광'이다. 그는 자연의 (자연스러운) 변화를 선사 시대의 공포로 환원시킨다.

그래서 나는 차라리 이승하의 생태 의식, 문명 의식을 그가 동원한 재해의 언어들에서가 아니라 〈나의 똥과 오줌〉, 〈저녁 식탁에 오른 것들〉에서 찾는다.

○○●

어머니 뱃속에서 나온 뒤/참 많은 똥과 오줌을 눴네/어린 날의 똥간은 냄새나는 고약한 곳/아래를 보면 무서운 구렁텅이///그 많은 똥과 오줌이/흙으로 돌아가 거름이 되었다면/나 이 세상에 조금은 보시했을 것을/수세식 변기에 앉아 눈 똥일지라도/땅으로 돌아가 땅의 일부가 된다면/마음 좀 놓이겠지만……

　　　　　　　　　　　　　　　　　　　－〈나의 똥과 오줌〉

내 똥과 오줌은 어떻게 하여 생겼을까. '나'라는 하릴없는 유기체를 존속시키기 위해 먹고 마신 것들의 소산이 똥오줌이다. 생명이 별것일까? 일단은 똥오줌 누는 게 가능한 상태가 생명의 존속 상태가 아니겠는가. 따라서 똥오줌에 대한 묵상은 곧 생명에 대한 묵상이 아닐 수 없다. 맞는 말이지만 좀 억지스러운가?

○○●

지금까지 내 목구멍 타고 들어가 항문으로 나온/소는 돼지는 닭은 오리는/갈치는 꽁치는 멸치는 명태는/머리 수를 알 수 없다/한목숨 지키려고 씹어 삼킨 그 많은 목숨들에게/덜 미안하려면……(하략)
　　　　　　　　　　　　　　　　　　　　　　　　-〈나의 똥과 오줌〉

　나는 이승하의 이런 마땅하고 건강한 똥오줌 의식, 먹었던 생명체들에 대한 인식에서 우정과 믿음을 느낀다. 그것은 아마 똥오줌이나 내가 피할 수 없이 먹고 있는 생명체들에 대해 아무 생각을 않고 사는 이들이 너무 많아서일 것이다. '테레비'를 켜면 곧바로 만난다. 얼마나 많은 이들이 참으로 싸가지 없는 태도로 먹는 것들을 갖고 장난질을 치는지. 종편 탄생 이후 여기저기에서 출현하는 하얀 가운을 입은 전문가들의 건강 안내와 거기 환혹하는 건강병 환자들. 우리 모두가 확실히 각각 한 사람씩의 증상이고 징후이고, 질환이고 상처이긴 하나, 먹을 것들을 대하는 태도를 보노라면, '저이들과 같은 인간이라는 사실에 수치감을' 느낄 천박의 극치를 매일같이 겪게 된다. 그런 의미에서도 이승하의 이런 똥오줌 시는 반갑고, 차라리 엄숙하고 거룩하기조차 하다. 내가 눈 똥오줌, 내가 먹은 생명체들을 생각하는 것을 나는 인간이 지녀야 할 최소한의 마음가짐이라고 생각한다. 생태적 감성이 별것일까? 지금은 유행어처럼 되어버린 그 말을 20여 년 전 시민운동할 때에는 사람들이 잘 이해하지 못하는 것 같았다. 지금은 비속한 비유로 말해서, 개나 소나 그런 말을 장식처럼 입에 올린다. 그런데 그것, 별것 아니다. 다른 생명에 대해 겸손한 마음을 지니는 것, 그게 생태 감성의 핵심이다. 그게 전부다.

〈저녁 식탁에 오른 것들〉에서도 시인 이승하는 자꾸만 반성하고 미안해하고, '내 일용할 양식이 된 수많은/싱싱하게 살아 있던 펄펄 날뛰던 것들'을 생각하며 '사후의 내 몸을 생각해보'면서 '무엇을 위하여 보시할 수 있을까'를 골똘하게 묻는다. 그는 자주 보시를 생각한다. 물론 시인이 갈망하는 보시는 무연보시(無緣報施)다. 연고가 없는 이들에게 가 닿을 수 있는 보시, 말이다. 최고의 보시를 자주 생각하는 이승하를 '착한 사람'이라고 여기는 것은 그에게 앞날이 아직 많이 남아 있지만, 아주 이른 평가는 아닐 것이다. 착하다는 것은 나약한 상태도 아니며, 다른 할말이 없어서 마지못해 동원시킨 말이 아니다.

그런데 이승하 같은 시인보다 더 착한 이가 있었다. 그의 장인이었다. 장인은 사냥꾼이었다.

○○●

장인은 젊은 시절 한때 사슴 사냥을 하였다/엽총에 맞아 죽어가던 사슴의 눈이 잊히지 않는다고/유언처럼 말하였다. 임종 앞둔 자리에서//곡기를 끊고 물마저 거부하고/대변을 세 번, 소변을 다섯 번 보며/속을 완전히 비운 8일째 새벽/이렇게 말하고 숨을 거두었다.//그때 그 사슴을⋯ 죽이지 말았어야 했어. 그 눈이⋯ 나를 왜 죽이느냐고⋯. 말하는 것 같았어. 죽어가는 사슴의 눈이⋯ 너무 슬펐지. 그런데 어디서⋯ 새끼사슴이 나타나서⋯ 따라오면서 계속 우⋯?

-〈그 사슴의 눈〉

아니, 세상에 이런 동화 같은 '마지막 말'이 있다니, 이건 완전히 동화다. 이런 유언을 남긴 사람이 '이곳'에 살았더란 말인가! 사슴의 눈, 어디선가 나타난 새끼 사슴, 이렇게 아귀가 딱 맞는 동화가 어디 있을까? 그렇지만, 산 사람을 자꾸만 앞당겨 죽이곤 하는 이승하였기에, 이 시 속의 내용 일부에 대한 사실 확인이 필요했다. 나는 좋은 독자가 아니었다. 이승하에게 문자를 보냈다.

"이보게, 장인어른께서 임종 때 하셨다는 말씀, 그거 사실인가?"

나는 자꾸만 팩트체크하고 있는 게 좀 창피했다.

"예, 사실입니다, 형님!"

전광석화처럼 답이 날아왔다. 그는 확신에 차서 곧바로 답할 수 있는 질문을 마치 기다리고 있었던 사람 같았다.

"알았네!"라는 답을 보냈는지 안 보냈는지는, 문자함을 다시 확인해보지 않아서 기억하지 못한다. 나는 순식간에 얼떨떨해졌고, 조금은 미안해지기도 했다. 나는 오해했던 것이다. 그 시를 접하자 곧바로 나는 미국의 자연주의 작가 알도 레오폴드의 체험을 떠올렸었다. 그가 철부지 시절 총 한 자루 들고 야생의 숲을 헤매다가 늑대 무리를 만났을 때 했던 짓, 그리고 그 폭력에 대해 평생을 참회하는 글을 떠올렸던 것이다. 레오폴드의 체험은 액면가 그대로 감동에 찬 심정으로 믿으면서 시인의 장인이 임종 때 남기신 말씀은 의심하고 있다니. 이것은 대체 무슨 심사였을까.

○○● 늑대의 울부짖음을 있는 그대로 이해할 만큼 오래 사는 것은 산밖에 없다.

  그 숨겨진 의미를 이해하지 못하는 이들도 늑대가 있는지 없는지는 쉽게 알아차린다. 느껴지기 때문이다. 늑대가 있는 곳은 다른 곳과는 전혀 다르다. 물론 밤에 늑대의 울부짖음을 듣거나, 낮에 그 지나간 흔적을 발견해서 흥분으로 혹은 두려움으로 가슴이 떨릴 수도 있다. 그러나 직접 듣거나 보지는 못했다 해도 수많은 작은 징후가 있다. 한밤에 말들이 힝힝 울어대고, 돌이 소리 내어 굴러다니며, 사슴 떼가 펄쩍펄쩍 뛰어오르며 달아나는가 하면 가문비나무 숲 그늘에 검은 그림자들이 비치기도 한다. 늑대가 있는지 없는지 전혀 느끼지 못하거나, 산이 비밀을 품고 있다는 것을 모르는 사람은 아무 경험 없는 풋내기들뿐이다.

  나는 직접 눈앞에서 늑대가 죽는 것을 본 이후 그런 확신을 갖게

248

되었다. 그때 우리는 급한 물살이 크게 굽이를 도는 절벽 위 바위에서 점심을 먹고 있었다. 암사슴처럼 보이는 것이 가슴을 적시며 흰 물보라 속에서 강을 건너왔다. 이쪽으로 기어올라 와 꼬리를 흔들어 물기를 터는 모습을 보고서야 우리는 착각했음을 깨달았다. 그것은 늑대였다. 대여섯 마리쯤 되는 새끼들도 버드나무 숲에서 튀어나왔다. 모두들 뒤엉켜 즐겁게 뒹굴며 장난을 치고 꼬리를 흔들었다. 바로 발밑, 한눈에 들어오는 공간에서 늑대 떼가 뛰놀고 있었던 것이다.

이런 좋은 기회를 그냥 지나친다는 것은 당시로서는 상상도 할 수 없는 일이었다. 흥분한 우리는 제대로 조준도 않고 순식간에 총알을 퍼부었다. 가파른 절벽 위에서 정확한 겨냥을 하기는 어려운 일이다. 라이플총에서 마지막 총알이 발사된 후 늙은 늑대가 털썩 쓰러졌다. 새끼 한 마리는 다리를 질질 끌면서 어차피 오르지 못할 비탈길 바위 쪽으로 달아났다.

우리는 늙은 늑대에게 다가가 그 눈에서 푸른 불꽃이 사그라드는 것을 보았다. 나는 그 늑대의 눈 속에 무언가 내가 모르는 새로운 것, 늑대와 저 산만이 알고 있는 것이 있다는 걸 순간 깨달았고, 그 이후 단 한 번도 그걸 잊은 적이 없다. 그때 나는 젊었고 그저 방아쇠를 당기고 싶어 몸이 근질거릴 때였다. 늑대 수가 적어지면 사슴 수가 늘어나고, 늑대가 모두 사라지고 나면 세상은 사냥꾼의 낙원이 될 것이라고 단순하게 생각할 때였다. 그러나 푸른 불꽃이 사라지는 모습을 본 이후, 나는 늑대도 산도 그런 생각에는 동의하지 않는다는 것을 알게 되었다.(알도 레오폴드,《모래땅의 사계》, 이상원 옮김, 푸른

숲, 1999년, 157~158쪽)

인용이 좀 길어졌다. 하지만 레오폴드가 늑대를 죽일 때 늑대의 눈에서 푸른 불꽃이 사그라드는 것을 보았던 이 장면은 일독할 가치가 확실히 있다. 시인의 장인이 본 사슴의 마지막 눈빛도 레오폴드의 총에 맞아 죽어가던 늑대의 그 눈빛과 다르지 않았을 것이다.

"늑대도 산도 그런 생각(늑대를 몰살시키면 인간에게 이익이 된다는 생각)에는 동의하지 않는다는 것을 알게 되었다"라는 마지막 구절을 나는 1999년 4월에 만났는데, 이후 레오폴드가 늑대를 죽이고 보게 된 '늑대의 푸른 눈빛'은 우리가 펼쳤던 환경운동(풀꽃상 드리던 풀꽃운동)의 정신적 토대가 되었다. 레오폴드의 늑대 에피소드를 나는 수많은 글에서 의도적으로 참 많이도 인용하고 소개했다. '산이 생각하는 것들'은 '산처럼 생각하기'라는 명제를 앞세운 심층생태학의 창시자 아르네 네스로 이어졌고, 헨리 데이비드 소로우의 실험이나 인디언들이 삶과 자연을 대하는 태도에 대한 공부로 이어졌다. 그때가 4대강 범죄가 시작되기 한참 이전이었으니, 새만금 갯벌 죽이기나 동강댐 소동 같은 인재가 막 일어날 무렵이었다.

이승하는 장인이 남긴 마지막 말에 이어서 인간들 간의 살육에 대한 탄식으로 시를 전개한다. 그러면서 '타인의 목숨을 포획한 이들은 기쁘지 않으리/평생 후회하리/죽어가면서도/임종을 앞두고서도 떠오르는/죽어가는 사슴의 그 눈빛'으로 이 시를 마치고 있다. 착하고 순진한 이승하, 타인의 목숨을 포획한 이들이 슬퍼하리라고 생각하다니. 인간의 역사에서, 살육자가 더 큰 힘의 억눌림 없이 자발적 반성이나 참회에 이르는 것을 단 한 번이라도 본 적이 있었던가? 그러나 이승하는 후회할 수 있는 인간의 궁극의 능력을 믿는 것 같다. 그 지점을 희망의 지점이라 해두자 (사족이지만, 나는 믿지 않는다).

시인의 촉수는 화산 폭발에서 시작해 인간끼리 벌이는 제노사이드의 역사에서부터 인공지능 로봇, 살처분, 후쿠시마, '창문 틈새로 들어온 왕파리 한 마리'에 이르기까지 사통팔달로 뻗쳐 있다. 그것이 만약 촉수라면 당연히 그럴 것이다. 그의 관심사는 생명의 문제, 문명의 특질 전반에 걸쳐 있다. 그는 끝없이 '이 세상에 낙원은 어디뇨', 하고 찾고, 또 묻는다. 히로시마/나가사키 이후 핵의 평화적 이용이라는 허울로 추진된 것이 핵 발전소 건설, 그러나 핵과 평화는 양립이 안 되는 궁합이라 끝내는 '스리마일에서 체르노빌에 이어 후쿠시마'까지 이르고 말았다.《인간의 마을에 밤이 온다》(문학사상사, 2005년)는 핵의 두 얼굴에 대한 이야기다. 그런데 이승하는 그 절망적인 탄식에서 또다시, "신이시여", 하면서 절대자를 부른다. 그의 시에는 비판과 탄식은 있지만 그런 재앙의 원인 제공자나 그로 인해 이익을 얻는 세력에 대한 분노는 없다. 사람이 그렇게 생겨먹은 것을 어이하랴. 그는 자주

신을 부르곤 한다. 시인이 호명하는 신이 유대 땅의 부족신인지 약사여래인지 알라인지 나는 모른다. 그런 신들을 나는 알지 못하기에 나는 신을 부르지 않는다. 하지만 신을 호명하는 시인에게 한 독자로서의 질문은 허용될 것이다. 인간이 한 짓을 신이 어떻게 뒤치다꺼리할 수 있겠느냐고? 우리 인간이 저지른 일들로 인하여 우리는 결국은 파멸에 이를 것이다. "그래야 마땅하고, 또한 그리돼도 괜찮다"고 생각하는 이들이 바로 생태주의자들이라고 나는 생각한다. 가장 힘세고 가장 똑똑한 이들(주류들이라고 하자)이 여전히 성장과 개발, 모든 자연의 자원화, '인간들만의 민주주의'를 이야기하고 있는데, 어떻게 지구온난화가 지연되거나 완화될 것인가. 미세 먼지를 해결하겠다고 호언하는 정치가들은 사기를 치고 있는 것이다.

　아직도 찾고 실천하면 답이 있지만, 절대로 답을 택하지 않을 인간 군집의 제어가 안 되는 욕망과 숙명적으로 부국강병이 유일한 목표인 국가 시스템으로 인하여 인간 종은 여섯 번째 대멸종 목록의 앞쪽에 고딕으로 등재될 것이다. 생태시는 굳이 정의 내릴 필요까지야 없지만, 힘세고 똑똑한 사람들의 어리석음을 비판하고, 모두들 가해자이면서 피해자인 문명의 조건을 혹독하게 성찰하고, 끝내는 '다른 삶, 다른 사회'를 꿈꿔야 할 것이다. 생태시가 '혁명의 시'가 되어야 하는 이유이기도 하다. 즉, 생태시는 랭보가 그의 《지옥에서 보낸 한철-착란》에서 "사랑은 재발명되어야 한다. 우리가 익히 알고 있듯이"라고 노래한 것처럼 말한다면,

다시 늘 발명되어야 할 것이다. 파멸은 폼페이 화산 폭발과는 다르게, 그러나 실은 그만큼이나 극적으로 매일같이 진행 중이다. 우주에서 인간의 지위를 가당찮게 높이 설정한 것이 애당초 잘못이었다.

　그럼에도 불구하고, 20년 시들을 묶었다는 이 시집의 도처에서 나는 거듭, 애매하기 짝이 없는 표현이지만 '착한 이승하'를 본다. 어린 시절 여동생 사건에서 비롯되었을 것으로 짐작되긴 하지만, 20여 년 세월을 정신병원, 교도소, 소년원, 보육원 등지를 찾아다니며 그가 할 수 있는 가능한 일을 다하고 있는 이승하. 그는 그 일을 '봉사'라고 하지만, 왠지 갑의 냄새가 나는 '봉사'든, '동참'이나 '연대'든 그것은 어쨌거나 아무나 흉내낼 수 없는 실천이다. 두 달도, 2년도 아니고, 20여 년이면 이것은 장난이 아니다. 실천하는 이 앞에서는 누구나 말을 멈추고 그 실천의 세월 앞에서 겸손해질 수밖에 없다. 그래서 나는 이승하에게 시인으로서보다는 '한 인간'으로서 거의 경악하고, 탄복하는 마음이 있다. 이승하가 얼마나 착한 사람인지는 가령, 〈지하로 내려가는 다섯 사람〉 같은 시에서 확인된다.

　　○○●

암흑의 세계로 내려가는 계단/계단 옆에 설치되어 있는 기계가 고장났다/가파른 삶/지나가던 사람이 그를 업었다/덜렁거리는 두 발/다

른 두 행인이 빈 휠체어를 들었다/휠체어에 앉았던 이의 늙은 어머
니/네 사람 뒤를 따라가고 있다/햇볕이 지하도 깊숙한 데까지/따라
내려가고 있다

나는 숫자에 약해서 '바를 정(正)' 자를 그어가면서 이승하 시
의 다섯 사람을 헤아렸다. 시 속으로 따라 들어가려는 욕망에서
였을 것이다. 다섯 사람이 내려간 지하도 계단이 눈에 선하다. 이
승하 시의 특성은 '따뜻함'이다. 사람이 다른 사람에게 할 수 있는
최대한의 일들이 바로 이 정도일 것이다. 그가 인간세의 문제들
을 해결해달라고 부르는 신의 전지와 전능이 무어 그리 특별할
까? 다섯 사람을 '지하도 깊숙이 따라가는' 햇볕 같은 존재가 신
이 아닐까? 실제 햇볕은 지하도 깊숙이 못 따라간다. 그러나 시
는, 시인의 마음은 때로 '신의 마음'을 드러낼 수 있을 것이다. 이
세상 한쪽 구석에서 아주 잠시라도.

결코 하찮은 책이 아니건만
하찮게 취급된 책

존 그레이,《하찮은 인간, 호모 라피엔스》,
김승진 옮김, 이후,
2010년

이 책의 원제는 '지푸라기 개: 인간과 다른 동물들에 대한 사유들(Straw Dogs: Thoughts on Humans and Other Animals)'이다. 저자가 이 책에 단 'Straw Dogs'는 노자의《도덕경》제5장에 나오는 "천지는 어질지 않아 만물을 (그저) 추구(芻狗)와 같이 여긴다"에서 차용한 개념이다.

　'폭력의 피카소'라 불리는 샘 페킨파 감독의 동명 영화〈어둠의 표적(Straw Dogs)〉도 있는데, 젊은 더스틴 호프만과 수잔 조지가 출연했다. 고등학교 시절 시골 중소도시에서 이 영화를 본 인상이 하도 강렬해서 제목을 영어사전에서 찾아보았더니 속어로서 '겁쟁이들', '시골 양아치들'이란 뜻이 담겨 있었다. 쪼다는 주인공인 더스틴 호프만이 분한 데이비드가 아니라 그의 아내를 능욕했던 시골 양아치들이었던 것으로 당시 나는 해석했다. 그러나 이 책이 취한 'Straw Dogs'는 노자의《도덕경》제5장을 직역한 '지푸라기 개, 즉 추구'였다. 무심한 천지는 인간이나 동물이나 돌멩이나 나뭇가지나 그저 "제사를 마치고 태워버리는 지푸라기

개" 정도로 여긴다는 노자의 생각을 저자가 전폭적으로 동감해 택한 것이다. 그런데 출판사가 대담하게도 '하찮은 인간'으로 개명했다. 책 내용이 하찮다고 생각해본 적이 한 번도 없는 인간들에게 던지는 불편하지만 매우 단호한 단정으로 점철되어 있기에 이 경우에는 성공적인 개명이라 봐줘도 될 것 같다.

책은 인간이 죽자 살자 내세우는 여러 테제들, 이를테면 진보니, 자유의지니, 도덕성이니, 역사의 법칙이니, 자아 개념이니, 이성이니 따위에 기대어 스스로 매우 특권적인 동물이라고 생각하는 이유들이 기실은 아무 근거 없는 것들이라고 통렬하게 밟아버리는 것으로 전개된다. 그것들의 허무맹랑함과 득의에 차 뽐내고 있는 인간의 눈부신 성취들의 보잘것없음과 장차 실현시키려는 다양한 꿈들마저도 사실 인간 종 우월주의에 바탕하고 있는 어리석고 헛된 노력들이라는 것이 저자의 인간관이다. 물론 서양의 경우이지만, 오랜 시간 죽어라 신에 매달렸다가 본디 실체가 없었기에 따로 사망선고까지 내릴 필요도 없었던 신에게 사망선고를 내린 후 휴머니즘에 열광하는 단계까지 도달했다. 이제는 '과학만능의 시대'를 향해 질주하는 인간 종의 맹렬한 노력들이 인간 스스로에게나 이 행성의 다른 생명공동체들에 얼마나 심대한 해악을 끼쳤는가, 그 파멸적인 인간의 오만함에 대해 인간은 도대체 한 번이라도 제대로 생각해보거나 반성해본 적이 있는가? 그것이 바로 이 가벼운 책의 무거운 물음이다.

이 도발적인 질문은 인간의 가능성에 대해 양보할 수 없는 믿음을 지니고 있는 이들에게는 불편하다 못해 불쾌하기 짝이 없는 돼먹지 못한 주장으로 간주될 것이다. 그래도 할 수 없다는 듯이 저자가 강조하는 사상은 '가이아 사상(지구를 환경과 생물로 구성된 하나의 유기체로 보는 사상)'이다. 그렇지만 가이아 사상을 들먹이며 "지구를 살리겠다"고 기염을 토하는 패들에게도 저자는 가소롭다는 냉소를 표한다. 그 대의마저도 녹색으로 덧칠한 휴머니즘이기 때문이다.

저자가 묻는다. 언제 세상이 인간더러 자신을 구원해달라고 애걸한 적이 있었느냐고? 아니, 세상은 도대체 구원될 필요가 있을까? 그러니 어쩌자는 말이냐고? 저자의 주장은 간단하다. 그만 설쳐대고, 그저 다른 동물들처럼 필멸한다는 점에서는 매우 비극적이지만 삶의 우연한 지속성에 감사하고, 잠시라 할지라도 겸손하게 삶을 누려라. 그것이 바로 이 책의 주장이다. 이 책은 루마니아 소설가 에밀 시오랑의 다소 자학적이고 귀족적인 허무주의와도 또 다르다. 과장해서 말한다면, 노자를 제대로 이해한 서양인을 만나는 즐거움 같은 것이 있다. 그렇지만 우리 독서시장에서는 이 책이 하찮게 취급받은 것 같다. 그보다 진짜 비극은 우리 사회가 인간의 실상에 대한 무시할 수 없는 충언을 담고 있는 이 책의 주제를 이 세상의 어느 집단보다 더 난폭하게 묵살했다는 점이다. 전에 없던 끔찍한 자연 파괴가 그 어느 해보다 격렬하게 감행되던 해에 누구에게랄 것 없이 씨알도 안 '멕'히는 책이 조용히 출간되었으니, 바로 이 책이다.

캘커타 인력거꾼 샬림의
꿈과 좌절

이성규 감독, 〈오래된 인력거〉,

다큐멘터리, 한국, 85분,
캔들미디어,
2011년

이 세상이 조금이라도 더 나아지기를 소망하면서, 우리가 조금 덜 거친 사람으로서 주변의 말 못하는 것들에 대한 연민을 품고 살아야 옳지 않겠는가, 오로지 그런 생각으로 시민단체를 만들어 애쓴 지 20여 년이 되어가지만, 나의 소박한 꿈은 이루어지지 않았다. 세상은 여전히 거칠고, 말 못하는 것들은 여전히 학대받고 있으므로, 후회는 않지만 나는 내 노력이 무망한 것이었다고 생각한다.

　그래서 나는 최근에 본 다큐멘터리 영화에서 만난, 인도 캘커타의 인력거꾼 '샬림'이 품었던 꿈과 좌절에 대해 이야기하고자 한다. 그는 소박하기 이를 데 없는 꿈을 꾸었고, 열심히 일했지만 좌절했다. 그런데도 여전히 버리지 못한 무엇인가가 있는 것 같았다. 그게 뭘까?

　캘커타는 널리 알려져 있듯이 테레사 수녀님이 생전에 일하시던 곳이기도 하다. 인도에서도 가장 가난한 사람들이 살고 있는 비하르주에서 캘커타로 온 샬림은 테레사 수녀님과는 상관이 없

260

다. 다만 그곳이 대도시이기에 다른 가난한 이들과 마찬가지로 빈손으로 캘커타에 왔고, 지난 20여 년 동안 인력거꾼으로서 열심히 캘커타의 땅바닥을 맨발로 달렸을 뿐이다. 신을 신고 인력거를 끌면 미끄러지거나 사고가 나기 쉽기에 그곳 인력거꾼들은 모두 맨발이다. 땅바닥의 지열은 70도. 그의 꿈은 어서 빨리 돈을 모아 삼륜차를 사는 것이다. 사람이나 짐을 인력거에 싣고 달리면 우리 돈으로 한 번에 250원에서 500원가량을 번다. 하루 종일 온몸이 만신창이가 되도록 일해도 삼륜차를 장만하기에는 너무나 아득하다. 그렇다고 번 돈을 모조리 저축할 수도 없다. 그는 열심히 일해 고향에 있는 아내에게 매달 얼마간의 돈을 보낸다. 자식들뿐 아니라 동생의 아이들까지 아내가 돌봐야 할 아이들은 예닐곱 명이 넘는다. 샬림은 길바닥에서 잔다. 이슬람이기에 술을 마셔서는 안 되지만, 비하르 지역에서 무작정 도시로 나온 젊은 인력거꾼은 적응이 힘들어 술을 마신다. 샬림이 말한다. "술은 해결책이 아니다. 네 스스로 너를 돌보지 않으면 네 꿈을 이루지 못한다"고. 술을 마시던 청년은 샬림의 말에 대꾸하지 않는다.

샬림은 캘커타의 인력거꾼들 사이에서도 부지런하고 성실하기로 소문난 사람이다. 언젠가 삼륜차를 사서 고향의 아내와 자식들, 그리고 돌봐야 할 조카들을 도시로 데려오겠다는 꿈이 그를 움직이게 하는 힘의 원천이다.

○○●

가난은 단지 불편하고 귀찮은 것일까?

인도의 캘커타에서 맨발로 인력거를 끌며 살아가는 한 가족의 가장인 아버지를 통해, 가난하기만 했던 시절의 노스탤지어를 그리는 것은 어쩌면 선진자본주의 사회를 살아가는 이들의 정신적 사치일지도 모른다.

〈오래된 인력거〉는 인생에 관한 영화이자, 험난한 시대를 살면서 이제는 병들고 지쳐버린 아버지의 이야기다.

나의 아버지는 가난한 노동자로서, 한평생 자식에 대한 꿈을 안고 살다 세상을 떠나신 분이다.

이 영화를 내 아버지에게 바친다.

-2011년 11월

위의 글은 10여 년간 〈오래된 인력거〉를 찍은 이성규 감독이 영화에 바친 헌사다. 오래전 나는 네팔과 인도를 자주 헤매고 다니던 시절이 있었다. 이 감독을 처음 만난 것은 아마도 포카라의 거리에서였을 것이다. 그와 나는 찬드라 꾸마리 구릉이라는 네팔 여인을 함께 만난 적이 있다. 이주 노동자로 한국에 일하러 온 그녀는 행려병자로 오인되어 정신병원에 6년 4개월간 강제로 감금되었다가 내가 일하던 단체(풀꽃세상)의 작은 노력으로 풀려날 수 있었다. 이 감독은 수십 킬로미터의 카메라 장비를 메고 혼자 히말라야 전역을 헤매고 다니던 괴력의 사내였다. 그뿐인가, 공교롭게도 이번 다큐멘터리에 바라나시에서 살고 있는 내 후배 주종 원 씨가 조감독과 통역사로, 그리고 한국 영화의 자막 번역자로 서 참여했으니 이 다큐 영화와 나는 이래저래 인연이 깊다고 봐야 한다.

샬림은 열심히 돈을 모으지만, 어느 날 고향에 있는 아내가 아 프다는 사실을 알게 된다. 별의별 약을 다 써도 아내의 병은 차도 가 안 보인다. 결국 샬림은 아내를 캘커타의 큰 병원에 데리고 와 서 진단을 받게 한다. 그러나 병원에서는 병명을 알아내지 못한 다. 아내는 고통을 참고 말없이 누워 있다. 때로는 고열에 시달린 다. 샬림의 돈이 자꾸만 줄어든다. 마침내 샬림은 어느 깊은 밤, 식물인간처럼 누워 있는 아내의 옆에 주저앉는다. 그는 캘커타의 인력거꾼으로서 죽을힘을 다해 한 푼 두 푼 모은 돈다발을 꺼내 들고, 오열을 터뜨린다. 아내의 병을 고쳐야 하는데 병원비로 그 돈을 다 써버리면 삼륜차를 사겠다는 꿈을 실현할 수 없기 때문이 다. 다섯 뭉치의 돈다발을 두 손에 움겨잡은 샬림은 서럽게 흐느 껴 운다. 그리고 카메라를 향해 "내 인생에서 나가달라"고 외친 다. 이성규 감독과 조감독은 그런 샬림을 부둥켜안고 같이 운다.

"가끔은 행복하고 가끔은 슬픈 것, 그게 바로 인생이잖아요" 라고 말할 때 샬림의 얼굴은 밝았다. 그러나 아내의 병마 앞에서 꿈이 깨어져버린 샬림이 할일은 오열을 터뜨리는 것밖에 없다. 캘커타에는 샬림 같은 극빈자가 400만 명에 이른다고 한다. 우리

나라도 마찬가지다. 이 엄동설한에 감옥에 갇히는 게 더 나을 것 같아 아무데나 불을 질러 자신을 범법자로 몰고 가는 노숙자가 우리 곁에 있다. 딱히 이런 작품 속 주인공이 아니라 하더라도, 이 한세상을 살아내는 일이 너무나 많은 사람들에게 너무나 가혹하리만치 힘겹다는 것을 우리는 알고 있다. 샬림의 꿈과 좌절은 우리에게 뭘 말하고 있는 것일까? 그가 꿈을 꾸고 있을 때에는 최소한 행복했다는 것을 알 수 있다. 꿈꾸는 한 우리는 겨우 잠시 행복해질 수 있을 것이다.

　꿈은 치외법권의 공간에서 일어나는 온전한 마음의 활동이므로 누구도 말릴 수 없고, 간섭하거나 침범할 수 없다. 샬림은 아마도 이제 삼륜차의 꿈을 접고 아내가 병마와 싸워 이기기를 꿈꿀 것이다.

　삶은 '깨달은 이'가 일찍이 통찰했듯이 힘겨운 바다를 건너는 일이다. 어디에서 무슨 일을 하든 진실되게 지극정성으로 해야 할 것이고, 자신이나 이웃에게는 겸손해야 할 것이다. 위험한 상태는 꿈의 성취보다 꿈의 포기이거나 꿈의 실종이다. 꿈꾸는 것 자체가 여전히 희망이다.